한옥, 詩로 짓다

시와소금시인선 · 030

한옥, 詩로 짓다

우 종 태

간다
길을 간다
수풀 헤치고 자갈밭 밟고
진흙길 건너
달이 잠드는 마을로
터벅 터벅 간다
사뭇 간다

시와 소금

한옥은 자연을 닮은 집이다.

나무와 흙으로 지어져 감촉이 부드럽고 언제보아도 모양새가 소담하다. 주춧돌만 남아있는 옛 집터에서 보듯 시간이 지나면 저절로 자취 없이 땅으로 되돌아가는 집이다.

인간은 동굴에서 나온 이후로 자연에 도전하며 사는 관습이 대를 이어 왔다. 하지만 우리 민족은 자연을 닮은 집을 짓고 거기에 순응하며 사는 것을 생의 도리로 여겼다.

집짓기에 있어 우주의 구성 원리를 주거공간에 적용, 사용하는 재료를 다듬고 세웠다. 자연의 순리를 따르는 무위자연, 한옥의 원리는 친자연적이며 과학적이다. 서투른 듯 반듯하고 허술한 듯 속이 차 있는 질박하고 깊은 맛이 있다. 절제된 꾸밈으로 어수룩하면서도 단아한 모습은 장대하고 화려한 중국과 가늘고 간결한 일본의 건축과는 확연히 다른 모양을 보여준다.

빛과 그림자 그리고 바람, 이 동적인 요소들이 집의 안팎에서 밤낮으로 서성인다. 다양한 문양의 창과 문, 지붕과 처마, 방과 마루 마당과 뜰에서 이 인자들이 한옥을 무대로 삼아 사시사철 시시각각 변화무상한 모습을 연출한다.

공간이 열리고 닫히고 서로 맞물려 내재된 고요한 질서의 미가 흐른다. 처음부터 계산된 모듈로 구축되는 서양건축과는 달리 한옥은 집터에 따라 그 쓰임새에 맞추어 안에서 밖으로 꾸밈없이 드러나는 질서, 균제미 있는 집의 틀이 만들어진다. 이런 자연의 미가 연출되는 집에서 우리 선조는 수많은 애환을 달래며 한 생을 살았다 그래서 집은 문화를 담은 그릇이기도하다.

자연에서 얻은 건축부재 하나하나에는 다양한 짜임의 명칭이 있다. 그 명칭에는 그 집에서 살아온 사람들의 감성이 고스란히 녹아있다. 자연물이 서로 어울러 다채로운 연출이 있는 집, 그 집에서 부대끼며 살아온 사람들의 정겨운 서정이 아마도 시를 짓게 된 동기가 아닌가 싶다.

그들은 내 몸같이 집을 짓고 다듬으며 살았고 손때 묻은 집은 대를 이어 전통문화로 남겨졌다, 21세기 거울 같은 투명하고 단조로운 생활에서 그들의 깊고 순박한 삶을 되찾아보고 싶었다.

한옥은 집 이전에 우리의 얼이 담겨진 공간이다.
음양오행. 풍수지리와 천문, 유불선 민간신앙까지 한옥에는 고매한 품성의 선비정신부터 민초의 질박한 생활까지 우리 조상들의 총괄적 문화가 담겨 있다.
묵은 장맛 같은 집이고 어머니 같은 집이다.

| 차례 |

| 시인의 말 |

1부 네모 안의 달

4부 나무에도 성질이 있다

제 1 부

네모 안의 달

개흘레

흘레붙은 개의 모양일까

핫바지 내리는 선비의 해학일까

야트막한 처마아래 안방에 붙어 대청에 붙어

사랑에 붙어 덤으로 산다

엉덩이 달싹 붙이고 빈정대듯 비바람 피해

간신히 몸을 숨기고 산다

그래도 얄궂은 세간은 내 차지

밤늦도록 끽끽대며 달빛 정리를 한다

뒷면은 면이 아니라고

뒷면의 면은 곰팡이들의 은신처라고

하지만 떨어지는 꽃에는 배후가 숨어 있는 법

통째로 내다버린 살림의 빛깔이 있어

뒷면의 고요에는 아랫목만큼 배가 부르다

등짝이 서늘한 뒤뜰 개암나무에 이야기가 주렁주렁하다

* 개흘레 : 집의 벽 밖으로 조그맣게 달아낸 칸살. 칸을 늘이거나 벽장을 만들어 낸다.
    .

구들 유적지

그녀가 떠난 빈 집,
보일러를 놓기 위해 오래된 방구들을 뜯어낸다
손때가 눌어붙은 장판이 걷히고
노랗게 잘 익은 그녀의 주름살이 환하게 웃고 있다.
곡괭이가 여든 살 어깨에 침을 꽂고 시간을 뒤집는다
새까맣게 탄 속살이 옷을 벗는다

방고래 넘어 그을음을 삭혀온 그녀
밥을 지을 때마다 뽀얀 입김이 밤하늘에 피었다
삭은 그을음은 거름이 되고 감나무에는 감이 영글었다

그녀는 불을 지피지 않았다
튀는 불똥을 아궁이에 끌어 모으고
불씨를 가슴에 품어 가난이 잠들기를 기다렸다
꿈은 개자리를 건너 샛별에 잠들고
동이 틀 때까지 새싹들이 돋아나 꽃불을 한 잎씩 따먹었다
아랫목에서 아랫목인적이 없었던 그녀

그을음이 서릿발로 번지는 밤

어둠에 시린 발을 묻은 구들에는

윗목 꽁꽁 언 물걸레보다 야무진 싹이 자랐다

홀처마 햇살 나지막한 날, 툇마루에 어둑발을 말리고

능선에 걸친 구름 한 점 걷어 수수깡 흙방에 솜이불을 탔다

띠살문 흔들리는 밤이 지평선 아래로 가라앉는다

플라스틱배관이 촘촘하게 깔리고

푸석거리던 아랫목의 프로그램이 시멘트 바닥으로 닫히고 있다

* 개자리 : 불기를 빨아들이고 연기를 머무르도록 방구들 윗목 속에 깊게 파 놓은 고랑.

그레질

이빨이 맞지 않는 둘 사이에 입을 딱 맞추는 일은 의외로 쉽다

손에 손을 포개는 것

어깨에 어깨를 기대고 있는 것이다

나무밑동이 울퉁불퉁한 바위산을 걷는다

너럭바위가 있는 계곡을 타고 내린다

구불구불한 길이 굽이쳐 흐른다

능선을 오르내리며 오솔길을 걷다보면

계곡을 따라가다 보면 능선을 닮은 길이 생긴다

그가 흘린 눈물은 능선을 닮아 올망졸망 산 바위로 단단해진다

나무와 바위 숲이 닮아간다

사이가 좁다

너와 나 틈이 좁다 딱 들어맞는 사이

* 그레질 : 기둥이나 재목 따위에 그레로 그 놓일 자리의 바닥의 높낮이를 그리는 일.
  한옥에서 기둥과 자연석 주춧돌의 맞춤기법에 쓴다.

네모 안의 달

칸살은 터에 이름을 짓는 일이다

네 개의 발을 가진 칸살이 걸어서 터에 남긴 발자국
칸살의 기둥자리라 적는다
일자로 걷다 살림이 늘어 기역자로 걷다가
며느리가 들어와 니은,
손자를 보아 디귿으로 걷는다
논밭이 늘어 미음
네 개의 발은 혼자 걸을 수 없어 손잡고 걸어서
안과 밖을 만들어
채를 만들어
제자리에 돌아오며 둥글게 걷는다

달이 두둥실 떠올라 산골마을이 둥글다

눈꼽재기창

너를 기다린다
골목에 신발을 벗어두고 떠난 이후로
문간방 텃밭에는
부추도 상추도 자라지 않고
네 그림자만 자란다
밑창이 다 닳아 버린 신발
문구멍을 울타리로 감싸며
네 모습이 낡은 액자로 걸려있다
언젠가 산 너머 산다는 소식
먼 소식은 봄비처럼 내렸고
봄눈이 녹아내리는 골목
하얀 발자국이 가물거리는
너의 뒷모습을 찍으며 내려가고 있다
잔불처럼 깜박거리는 속눈썹
빨간 숯덩이 하나 끄집어낸다

* 눈꼽재기창 : 여닫이문 옆에 작은 창을 내어 문을 열지 않고도 밖을 내다볼 수 있게 만든 창.

머름

짐승은 먹이를 숨길 때 바닥을 찾는다

서안書案 앞에 앉은 선비도 방바닥에 자유를 숨겼다

바탕은 바닥에서 자라나 벽을 두리번거리다가 창가에서
흩어진다

몸을 낮추었기에 세간이 낮은 방

방바닥에 몸을 붙이고 존재를 알렸다

방에서 보일 똥 말똥 내밀한 살림은 바닥에 붙어 있었다

아랫도리를 가리는 것은 선비들의 목록

누워서는 나 홀로 즐겁고 앉아서는 세상을 두루 볼 수 있는 턱

그 아래 문갑 등경 문방구가

가지런히 경을 읽고 있다

---

* 머름 : 바람을 막거나 모양을 내기 위하여 미닫이 문지방 아래나 벽 아래 중방에 대는 널조각.
머름동자를 세우고 머름청판을 댄다.

문간방

눈은 문간방부터 쌓인다
가마솥에 쇠죽이 끓어 방안에 잔별이 밝다
호롱불에 메주가 익어가는 방
처마 밑 굴뚝에 은하계로 가는 편지가 피어오르고
샛별마저 잠들 무렵
삽짝을 열어 내딛는 첫걸음
하얀 버선발이 놓이는 무늬에는 눈이 먼저 녹는다

문고리

관가정 세살문 문고리가 주름진 귀를 만지고 있다
문고리를 처음 당긴 자는 누구일까
문고리에는 해와 달이 새겨져있다
아기의 울음과 하인의 눈물 화로담뱃대의 긴 이야기가
새겨져있다
저마다의 체온을 밀고 당긴 사람들은 이제 말을 잃었다
해그림자가 언덕 너머 덜커덩거리던 하루가
문고리에 녹 자국만큼 깊다
망각을 담아 잠자고 있다

문턱

옛집에는 웬 턱이 그리 많은지
턱을 넘어 턱 문지방부터 부뚜막까지
그 턱에 걸터앉는다
문턱은 산마루 넘어가는 고개
턱을 지날 때마다 고개가 하나 더 생긴다
고개 너머 고개가 있음을 본다 바닥아래 땅이 있음을 본다
경계는 있어도 벽이 없고
벽은 있어도 차별은 없어 분합문이 열린다
문턱은 단절이 아닌 구간의 구분
미지의 세계로 가는 길목이다
문턱에 서면 가야할 길이 너무 많아 발걸음이 멈추는 곳이다
방향이 없어 감각이 모호해지는 곳이다
문턱에서 문턱으로 징검다리 건너가듯 턱은 놀이터다
완자장지문에 완자는 있어도 구분이 없어 문턱에는
찰랑찰랑 물이 넘쳐흐른다

* 분합문 : 주로 방과 대청사이의 들어열개문으로 공간을 완전히 분리시키기도 하고
　필요시 한 공간이 되게 하기도 한다.

부뚜막

이곳은 방음벽이 있는 바다입니다
수면에는 해와 달이 떠 있지만
무쇠뚜껑이 꽉 누르고 있지요
파도가 칠 때마다 포말같이 떠오르는 해가 방긋 웃지요
웃을 때 흰 이빨이 밥이랍니다
밥이 되는 동안 달은 오곡의 찬을 무명치마에 삭히죠
매번 출렁이는 파도의 속성도 파고도
어둠 아래서는 잠 재울 수 있죠
침묵이 금이라는 말
이곳에서는 여행 비자처럼 잘 통하는 곳이죠
방음벽이 있었기에 방안은 어둡고 아궁이는 가장 밝아요
까맣게 탄 이곳
어머니의 얼굴이 밝아요

서까래

머리를 내미는 족속은 대체로 허리가 가늘다
허리를 조율하는 식단에는
언제나 밀가루 반죽 같은 엉기는 습성이 있다
엇비슷한 모습으로 뭉쳐지는 부대원
이 순리는 지붕을 올리는 나무도면에도 있다
기와지붕 서까래가 올망졸망 무거운 하늘 받들고 있다
허리가 가는 여병사들, 앳된 얼굴
임무를 수행하는 최전선의 꽃
끼리끼리 모여 틀을 짜는 평형의 나이테
송이송이 샘이 솟는다
무리들의 정결한 걸음마다
방향이 뚜렷한 생명이 꿈틀거린다
기둥을 지신처럼 숭배하며 하늘을 받드는 용병
그것은 낮과 밤
생의 법칙, 맑은 하늘같다

앙곡

무거울수록 날고 싶어 한다
각선미는 곡선의 이형구조
미끈한 다리에는 날개가 돋아있다
흔들리는 힙의 곡선은 꼭짓점이 없는 것이 특징이다
허리선은 기울이면 가늘어져
곡선은 위치를 감지하는 멀티컴퍼스
흔들리는 곡선의 비행
바람 같아서 노을 같아서 기둥을 짚고 날아오른다
날아오르는 포즈는 구름의 표정이다
무게를 거꾸로 메달아 보는 풍습은 오래전 일이지만
시대는 이 풍습을 거부하지 않았다
허공에 떠 있는 행선지
시점에 따라 템포가 빨라진다
곡선이 구름을 안고 헤엄쳐 간다
하늘이 가벼워진다

* 앙곡 : 끝머리가 휘어 오른 추녀 또는 그 휘어 오른 곡선.

용자창

새로 셋 가로 셋, 넷으로 엮은 사랑방 댓살문은
거문고를 닮았다
선비를 닮았다
사랑대청에 달빛이 거문고를 튕기고 있다
둥둥 울리는 댓살소리
맑은 한지로 감싼 울림통
울림은 짙은 밤안개로 번진다
중모리 중중모리 장단이 흐른다
댓살문이 열리고 달이 사랑방에 앉는다
물빛이 짙어지는 방, 달이 가락에 취한다
울림이 넘쳐 다랑논이 물꼬를 튼다
생강나무에 이슬이 맺히고
까마귀가 논두렁을 가로질러 난다
거문고가 엇모리장단을 튕긴다
장단이 장단을 불러 달빛이 서산마루를 넘는다

창호지

시간이 접혀지는 낡은 책장의 모서리에는 뻐꾸기가 살아요
창호지에 풀을 붙이다
시도 때도 없이 웃는 누나, 바람 든 무처럼
입이 벌릴 때 마다 나비가 날아 다녀요
흰무늬부터 빨간 무늬까지 접혔다 펴지는
무늬는 있지만 시간은 곧 지워지지요
띠살문에 걸어온 시간을 베껴두어도 시간은 자꾸 접혀요
장독에 묵은 간장이 익어가듯
농담이 농담처럼 접혀요
궂은 말은 엄마의 그림자를 연상시켜 해석이 어려워져요
자꾸 파고들어서 가요
나비를 접은 띠살문에는 나비들이 살아
접힌 사진첩을 펼치면
저녁 밥 짓는 엄마와 빨래하는 누나가 자꾸 보여요

한지방

남극펭귄 새끼처럼
모시 치마폭에 숨어보는 꿈을 꾼 적 있다
바깥세상을 신비하게 바라보는
오금이 짜릿한 방
바깥은 시끄러울수록 안이 포근해지는
보송한 소파처럼 솜털이 돋아 있는 방
윗목과 아랫목이 따로 없는 방
흰 살결에 눈꺼풀이 저절로 미끄러지는 방
잠이 맑은 방

구름집

불개미가 핥고 간 오르막길을
진박골 김영감이 똥지게 지고 오른다
힘살 쭉! 한껏 올린 장딴지에
힘줄 하나 뚝 꺾어 기둥 세우고
힘줄 하나
뚝 꺾어 서까래 얹고
능선에 걸친 구름 한 점 따와
치장한 세 칸짜리 구름집
이웃 산골 샛바람이 몰고 온
새털구름장 깔고
탱자나무 꽃 피는 꾸불텅한 산길
시오리 장날 나간
증손자 제삿밥을 기다린다

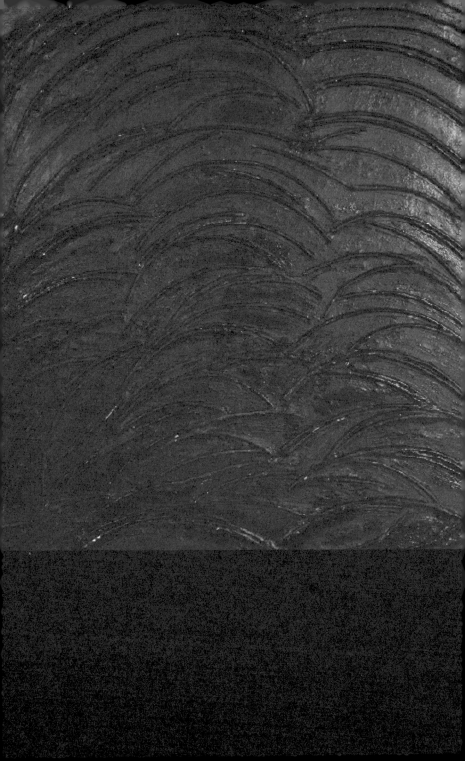

제 2 부

달이 지우는 저녁

솔향기

자귀로 소나무 껍질을 툭툭 치며 벗긴다
거친 암색의 껍질에는 살아온 나무의 수행표가 붙어있다
솔가지가 된바람에 흔들릴 때마다
시린 손가락을 호호 불면 소나무 마디에는
희뿌연 향기가 산 능선 운무처럼 맺혔다
굽은 가지를 추스르며 수백 년을 견뎌온 나무의 일지
시간의 궤적이 함수그래프를 그렸다
전신에 푸른 문신처럼 촘촘히 새겨진 수행표
상큼한 절규의 향기, 거북이 등껍질 같아
허기의 연습장 같아 세월이 해진 모습이다
꼿꼿한 절개를 월력에 공포하는
세상에 공든 탑 하나 세우는 날이다

수평투영도

물웅덩이에 빠진 햇살이 찰방거리고 있다
물빛초롱이 켜지고 물 밑바닥이 환해진다
갓 깨어난 올챙이들이 지난해 떨어진 가랑잎을 물고
파리 떼처럼 새까맣게 달라붙어 있다

먹잇감을 찾아 물가로 잘방잘방 몰려가거나
속새 뿌리 벌어진 틈마다 속속 집을 짓는다
그 집으로 쉼 없이 삶이 들락거린다
꼬리와 허리로 힙합을 추는 저 유연한 몸짓
하지만, 저들도 분명 등짝에는 짐 한 짝 지고 있으리라

배를 까뒤집고 죽은 올챙이
굶주린 입들이 빼곡히 박혀 살점을 물어뜯고 있다.
삶은 뜨거운 감자껍질처럼 고요한 법
물밑은 뜯어 먹힌 이파리들로 희뿌옇고
뼈를 들어낸 잎맥이 나뭇잎 화석으로 쌓여만 간다

물이끼 집으로 끼리끼리 모여드는 저녁
수면 위로 소금쟁이가 하늘과 구름을 가른다.
바람이 산버들을 흔들어 잔잔한 파도가 밀려드는 마을
떨어진 철쭉꽃잎이 등불을 켠다.
숨 막히는 다툼도 찢겨진 세간에도 분홍초롱이 켜진다
이제 저들도 조상이 걸어온 산으로 돌아가기 위해
차츰 꼬리를 버릴 것이다

속새 뿌리 집이 즐비하게 늘어서 있고
긴 나뭇잎바지선이 정박한 항구
다도해 그 풍경 한 점
별무늬로 반짝거리는 집들이 점점 고요해진다

달빛학교

제 무게를 견디지 못하고 바닥까지
늘어진 학교로 아이들이 올망졸망 등교를 한다
뺨이 발그레한 아이들, 풀벌레들이 찾아와
달빛 별빛으로 등불을 켜고 청강을 한다
풋풋함이 충일한 과즙이 바람으로 자란다

팔랑대는 잎들의 복도를 지나
몇은 1등석을 타고 또 몇은 2등석을 타고
시장 혹은 마트로 수학여행을 떠난다
그러나 아직, 책걸상에 내려놓는 알몸들
능선에 걸어둔 쥐수염 붓으로 듬뿍
빨간 물감을 찍어 생활기록부를 적는다

마른 잎들이 바람과 도란거리는 사이
비구름의 손때가 꼬질꼬질한 교과서에는
가랑잎 휘저어 도토리밥을 짓는 날다람쥐와
뻐꾸기가 흔들어 깨우는 먼 봄날이 있다

달빛을 흘려 쓴 글씨가 밤안개로 흐르던
그 여름 야간수업은 자주 졸음을 몰아왔었다

저 풀벌레들의 지마이너 알레그레토가 그치면
교실엔 댕그라니 책걸상만 남을 것이다
길짐승은 화선지에 동양화를 그릴 것이고
바람을 문 겨울새들이 관현악을 연주할 것이다

붉은 수줍음이 밤늦도록 재잘거리는
가지 끝, 팔랑거리는 달빛에 책장을 넘기며
뺨이 발그레한 아이들 훈민정음을 읊고 있다

달이 지우는 저녁

목이 긴 술잔에 하현달이 떠 있다

달이 손잡이를 잡는다
달이 보글보글 거린다
보글거리던 거품이 눈금을 쑥쑥 키운다
구름이 달 이마의 눈금을 정지시킨다 성장이 정지된 이후
비어있는 잔에도 눈금이 새겨지는 것일까
나는 잔의 눈금만 세고 있었다

백일만에 달이 뜬 그 날, 달이 불쑥 말을 건넸다
나의 액세서리였던 산, 산이 구름에 가려 눈을 감았다고
깜깜해 졌다고
방향은 예측불허라고
달의 입가에 보글거리는 회오리를 애써 지우는 G코더
더 이상 차오르지 않을 눈금을 쌓으며
들창문이 계절에 술렁이던 날
잎맥을 잃어버린 나뭇잎 밑창을 밟으며

어둠이 꺾인 골목길을 돌아서 갔다

금낭화 피고 쑥부쟁이 졌다, 산배나무에
설익은 과즙처럼
달이 뜨면 달 이마에 아삭거리던 눈금이 아직
그 손에 얼어붙어 있다

바람의 미끼

소나무 부챗살이 팔을 뻗은 추녀 끝
물고기 한 마리 공중에 비늘을 씻는다

그때, 건들바람이 등지느러미를 쓰러뜨리고
황급히 누마루 기둥사이를 빠져나간다
넋 나간 물고기 눈이 스산하다
녹슨 돔 지붕에 비구름이 몰려오면
낙뢰를 문 주둥이에는 우렛소리
쟁그랑! 터진 울음이 대적광전 앞마당을 쓴다

두들겨서 야물어진 쇠붙이가 스스로 목청을 돋우며 부르는
발라드
자작나무 숲속 바람 길에 길게 눕는다
바람은 물고기 몸통을 휘젓고 매번 마른입 버리고
떠나간다
허공에 찔려 달랑거리는 양철 물고기
헤엄쳐갈 수 없는 구름바다 아득히 입질을 한다

조마조마한 자리는 제자리에 서 있을 때 바닥이 더 깊다

흔들어라 바람아, 내 서 있을 자리가 허공이라면
네가 겨냥한 과녁, 이 눈물 핑 돌게 흔들어라
뒤뜰 대숲이 밤새 워썩거리듯 보현보살 무릎 베고 잠드는
절간
죽비소리에 깨어날 그 때까지 이 공중에 흔들릴 뿐

저녁 범종소리 켜켜이 쌓이는 금강계단
수평의 깃발을 접은 바람이 새털구름을 편다
꼬리지느러미 잃고 공중을 맴도는 저 물고기
바람의 미끼를 물고
때론 단념할 수 없는 미끼를 핥으며 억센 밤을 추스른다
흔들리다 부서질 하늘가 한 점을 위해

물을 엿보다

개울물이 패턴무늬 재킷을 벗고 버들치에게 젖을 물린다
머무르면 집이 되는 그릇
걸어갈수록 몸이 윤택해진다

가는 곳마다 맞춤복 한 벌이 생기는 삶
물감이 번지는 발자국, 옷감의 짜임이 굴절을 한다
새끼버들치가 젖꼭지를 물고 어미의 품속으로 숨어든다
출렁거리는 젖가슴이 밀려서 울타리를 무너뜨린다

머무르는 자리마다 뜸 드리는 밥솥과 옷감
잠자리가 있는 물의 집
해묵은 효소가 발효하는 뿌리진열장,
풀 향기 스미는 물의 방이 즐비하다
막다른 복도의 천정에는 무중력 하늘이 스르륵 열린다
버들강아지가 토방에 연초록 등불을 켜고
살이 살을 다듬어 집의 골격을 세운다
토해낸 거품으로 솜이불을 타는 물의 방

셔터를 올리고 세간을 교환하는 시장골목
낡은 지폐가 낱장으로 풀어져 투명한 영양소를 생산한다

만남이 겹치면 시간이 어두워진다
뭉쳐서 나누는 대물림으로
나무쪽배에 앉아 물이 시동을 건다
밥상을 차려 둔 채로, 상속의 계보도 없이 물이 길을 나선다
바위 틈새에 노랫가락이 울리고
물이 물을 순산한다, 차려둔 밥상 그대로

방이 든 상자

혹 방속에 방이 있다는 사실 아나요

방이 새끼를 치는 상자

나는 지금 방이 담겨있는 상자를 뜯어요

방속에 방이 가득해요

두부를 자르듯 방이 자꾸 생겨나요

첨단장비로도 감지되지 않는 요술 같은 방

아버지가 손대패로 깎아 만든 방

유산은 방이 든 상자 달랑 하나 빌딩위에 빌딩을 짓듯 배경
뒤에 배경을 짓듯 방 뒤에 방 방 옆에 방, 방 너머 방이, 방이
촘촘히 박혀요

눈동자가 움직이는 새로 생긴 방들이 나를 향해 눈짓을
해요

때론 그림자에 꼬리를 달고 3점 투시도로 점점 커져요

그리고 방으로 통하는 구멍은 아주 작아요

실망할 만큼 작아요

그 구멍으로 앞산 하나 들어와 앉고요 호수 하나 아랫목에
깔려요

하지만 비어 있는 방은 고요해요

몸은 먼 산에 묻히고 호수에 띄우고 눈은 방을 자꾸 만들어
내요

종이를 접듯 방이 든 상자를 닫아요

하나 뿐인 방을요

참 심플한 상자에요

바자울

비밀은 벗겨도 비밀인 걸

살을 다 추려낸 뼈인 걸

뼈대만 남은 숲 썩지도 무너지지도 않는 자작나무 궤

속을 다 비운 사랑방 궤 같은 걸

물그림자 같은 숲인 걸

너와 나 사이에는 만만한 게 너무 많아

숲이 성글은 울타리를 만든다

나비들의 길목

저절로 닫히고 열리는 삽짝

표정은 열리고 틀은 잡혀있는

골목을 수집하는 범나비가 무늬를 생산하는 울을

비대칭의 대칭

반듯한 습관은 나른한 햇살 같다

반듯한 습관은 매직으로 표시한 안내문

지워도 바탕에는 직각의 흔적이 남는다

바탕은 점들이 걸어가는 사막

걸음은 자유로우나 밤이 무겁다

새의 양 날개에는 각이 다른 무늬가 있다

찌그러진 사각을 컴퍼스로 돌린다

사각이 각을 비틀어 네모를 조립한다

산기슭에 점묘법으로 찍힌 집들이 피보나치수열로 깜박인다

어긋난 집들의 간격 능선은 거미줄처럼 엉겨있다

사각을 반으로 접어도 절반은 남아 면이 부딪치는 소리가 들리는

마을, 바람이 머무른다

음표들이 오르내리는 네모들 뭉텅한 사각의 결정체

소걸음으로 걸어가는 모퉁이

뿌리 깊은 전통마을이 들어서 있다

아장대는 토담이 서 있다

반듯하지 않은 걸음들이 읍내로 내려가고 있다

휴먼스케일

1
우리의 눈은 허공을 달리는 거리의 함수
극한값을 모르는 눈금자
미간사이 콤마는 무한대
거리는 연산기호 착각으로 나타난다 착각은 중괄호에서
궤도이탈 거리제곱으로 수렴된다
음속의 비행기가 뜨고 층수는 도함수로 뜬다
한낮의 미분법
전설 같은 유에프오의 부호가 아른거린다

2
강물이 달빛을 핥으며 흐른다 강 언덕과 키 재기하던
싱그러운 포플러나무의 시절은 옛일
넋이 강물에 빠져 가면무도회 같은 밤의 도시가 뜬다
콘크리트 제방에서 바람의 세월을 넘긴다
달그림자 따라 연륜을 감는 강변의 숲
순환도로를 타고 떠난다

시간의 나이테를 풀어놓은 거리의 24, 그 끝이 요원하다

3
집에 집이 들어간다
방에 방이 들어간다
첫 키스처럼 몸이 인지하는대로 장면이 생긴다
열선이 깔린 눈, 빛의 거리를 안정적으로 측정한다
열 감지기는 스마트하고 온도계는 일정한 방향으로 문을 연다
담을 지나 문을 지나 기단과 퇴를 지나 중문을 지나 창문으로
산과 들이 문을 연다
발길이 닿는 곳마다 그림자의 체형만큼 거푸집을 만든다
내 몸이 흔들리지 않는다면
어둠이 고요해지면 장면은 무한대의 알파기호

수더분함의 미학

다림질 하지 않은 세간이 죽담에 누워있다
주름진 뱃살을 내놓은 쪽마루 누더기 옷을 깁은 흙벽
그 옆 멀뚱하게 서 있는 기둥
햇살에 구겨진 혀를 내민 처마
마루아래 낮잠을 자는 녹슨 삽과 괭이
부러진 낫자루
도둑고양이의 발길처럼
번지가 없다
시골집 세간은 오래된 대소쿠리 같아서
타작한 콩깍지 같아서
빈 마당을 쓸어도
한낮 우렛소리를 들어도 곧 적정寂靜이다

채의 번식

ㄱ은 살아야 하니까 기역으로 쓴다
ㄴ은 심심해서 니은이라 쓴다
ㄷ근은 문틈으로 엿보던 아이가 생각 없이 쓴다
바닥에 공기놀이를 하던 아이가
바닥에 쓴 낙서를 읽어보다가 쓴다
ㅁ이 기역이 손을 잡았다고 부속이 되었다고 쓴다
부속과 부속 사이 숨구멍을 만들고 조립하였다고 쓴다
ㅁ이 미음끼리 부속이 부속끼리 한 방을 쓴다고 쓴다
집이라고 쓴다

한옥, 그 빈티지 철학

한옥은 아날로그 앰프인가 암페어가 흐르는 짐승들의 거주지인가 산줄기를 타고 케이블을 타고 내리면 산자락에서 늙은 표범이 포효한다

생명의 체계는 전류처럼 흐르는 암페어, 기어 다니는 벌레들의 잔치, 능선을 담은 나이테, 진공관 불빛 같은 사랑방의 등불, 뚜껑을 열고 들어서면 스피커 케이블처럼 늘어 진 토담 낡은 앤틱 스피커 같은 살림이 추상화로 펼쳐진다

전류처럼 엉킨 흙집, 분석하지마라, 왜냐고 따지지 마라, 묻지 마라 때로는 얼렁뚱땅 깎아 만든 집, 먼지들이 뭉쳐 점을 찍어 놓은 집 그저 그렇게 만들어진 흙장난 같은 집 장난꾸러기 손바닥처럼 주물러 놓은 집, 산을 바라보며 천천히 마을로 접어들면 맑은 베토벤 교향곡 6번이 우렁차게 들리는 집, 마을이 있다

불발기

어둠과 밝음은 아리송한 계약
어두운 곳에서 밝은 곳을 볼 때 심장은 뛰고
밝은 곳에서 어두운 곳으로 향하는 일은 기다림이다
어둠은 반쯤 지퍼를 열 때 신비롭다 막힌 듯 열리는 빛
짙음과 옅음으로 분산되는 혼돈이 서성인다
두근거리는 가슴에 꽃무늬를 새겨 단다
꽃술이 신호를 보내고 꽃술을 담은 보따리가 밝아온다
색동옷 끄나풀에 우리의 만남은 마루를 지나 마당으로
확장되어 간다
어둠의 비밀통로에 어둠이 밝아 온다
비밀의 정원에 꽃들이 눈을 부빈다
어둠을 덧바르는 맹장지의 변장, 벽속으로 숨는 두껍닫이
문의 마술에
기다림의 밤이 온다
문구멍에도 세상이 있어 너를 향한 눈빛이 붉다
밖은 방안보다 작아서 점차 나는 깊어진다

* 불발기 : 한지를 두껍게 바른 맹장지의 가운데 직사각. 팔각으로 울거미를 만들고
  살이 있는 부분은 한쪽만 창호지를 발라 빛이 들어오게 한 문.

제 3 부

처마 아래 30도로 절하고

끈 · 1

감잎이 떨어진다
감나무와 감잎 사이 때까치가 금빛 획을 그었다.
그 획의 귀퉁이 憧자 쓰인 붓 자국
감빛 감도는 끈이 공중에 달랑거린다
끊어지지 않은 바람의 끈이
노을을 먹고 붉게 빛난다
끈에는 감잎의 이력이 붉게 새겨져 있다
감잎이 앉은 자리에는 이력이 새겨져 있다

햇살을 먹고 감을 키웠던 일
감잎과 감잎들 사이의 부대낌
모진 비바람에 어미젖을 물고 있었던 일
홍시가 남았다
이제는 정년에 접어들어 감잎사이에 홍시가 붉다
감잎의 가방은 쓸쓸하다
땅바닥에 떨어지기가 무서워
기와지붕 기왓골에 봇짐을 챙긴 감잎

감잎이 구름에 실려 떠난다

끈 · 2

쟁반 위에 포도송이가 마른 젖꼭지를 물고 있다

송이마다 풀벌레 울음이 무더기로 잠들어 있다
그 울음을 하나하나 따 먹는다
울음을 씹으며 풀벌레 노래를 한다
울음이 잠시 멀어진다
떨어진 젖꼭지에 흰 구름 한 점씩 붙는다
포도가 마지막 옷을 벗는다
바람이 끈을 주워 모은다

짜임의 법칙

목수의 손금에는 생식기를 만드는 법칙이 새겨져 있다.

날마다 나무의 생식기를 만들고 짝짓기를 해 주는 기술

암놈과 수놈이 있는 생명의 손

맞춤의 기술은 얼마큼 생식기를 예쁘게 만드느냐 이고

얼마큼 생식기를 탁 들어맞게 짝을 맞추느냐이다

맞춤은 뜨거운 심장이다

숭어턱 메뚜기턱 반턱 연귀턱으로

날만 새면 생식기의 밑구멍을 쳐다보고

그들을 끼워 맞추는데 해가 저문다

짝짓기로 천년을 살게 하는 솜씨가 목수의 손이다

어미와 아비의 생식기를 맞추고 아들과 며느리를 맞추어

손자를 생산한다

맞춤은 종종 터지고 찢어지기도 하지만

연장을 쥔 손은 한 치의 오차도 없다

목수가 나무더미에 서면 가문의 순번이 일렬로 매겨진다

타고난 생식기제조사들이 만든 집

생명의 집이다

불씨, 혹은 고리

새로 탄생하는 것들은 그늘을 가진다
어머니 옛집 헛간을 허물던 날
새로 놓인 구들이 군불을 지핀다

반쯤 타다만 젖은 장작이
잿더미에 한쪽 발을 묻고 있는 것을 보았다
구들을 데우던 나무에 박혀있는 대못
나무는 제 발목에 박힌 못조차 빼지 못한 채
시커멓게 불이 꺼져 있었다
하나의 상처가 가시처럼 박혀있었다

어느 불꽃의 너울도 태우지 못한 상처
나무는 발목에 박힌 상처를 다스리지 못한 채
불 꺼진 아궁이에 몽개몽개 그림자가 피어있었다
탁탁 타올랐던 못 박힌 기둥의 마지막 불꽃

바람이 아궁이의 잿더미를 헤집는 아침

햇살이 부뚜막에 밥상을 차리고 있다
문지방을 지키는 빗자루가 바람을 쓸고
툇마루에 소나무 그림자가 내려온
아궁이에 불을 지피고 숭늉을 끓인다

펄펄 끓던 아랫목
거기, 누가 등을 데고 지지다 간다

건넛방

한 울안에서 강 건너 등불을 본다
시차를 두고 빛과 어둠을 몰고 오는
두 갈래 발자국이 있다
발 씻는 시간이 다르고
불이 꺼지는 시간이 다르다
두메산골 익어가는 풋사과처럼
빛깔의 조도가 다르다
도는 방향은 같아도 시침의 작동이 다른 방
삐져서 돌아앉은 막내 여동생 같은
알림의 소리가 다른 방
한 울안에도 말씨가 다른 동네가 있다
늦은 밤 건넛방에서 들려오는 속삭임
안개 같은 목소리가 발효되는 밤
아버지의 해묵은 음색으로 달빛쟁반에 한상 차려
안마당 지나 걸어오신다
안방의 허기를 달랜다

아귀토

아귀에 구름 한 줌 물려주어라

넙죽한 아귀에 봄꽃 한 줌 물려주어라

구름 한 줌 삼킨 수키와가 봄꽃 물고 웃는다

골골이 흘러내려온 처마 끝 눈물

허연 너털웃음으로 허공에 버린다

담장 너머 버린다

수키와가 나란히 어깨동무하며 버린다

아귀에 구름 한 줌 물려주었다

아귀가 물고 있는 구름이 가물거린다

입이 크면 구름을 물려라

구름 한 점 입에 머금으면

구름이 뭉클뭉클 솟아나 흰 깃발이 펄럭인다

목련꽃 피어 웃는다

* 아귀토 : 석회와 화강석, 정적토를 섞어서 기와집 처마에 있는 수키와에 바르는 재료

흙

흙은 하느님, 마음대로 밟아도 눈물 흘리지 않는 하느님, 무수한 입들의 집합체, 형체가 흐릿한 하느님의 입에는 우리가 먹고 싸놓은 똥들이 흥건하다

오늘도 누가 하느님 입에 똥을 눈다 똥을 받아먹은 하느님이 취해 비틀거린다 아가리에 쓰레기를 퍼부어도 입에서 밥을 퍼먹어도 하느님은 돈 내라고 앙탈부리지 않아 좋다 만들어라 하면 뚝딱 만드는 하느님, 하느님은 부르기만 하면 무엇이던 만드시는 하느님, 굶주리면 밥을 내놓고 추위에 떨면 벽돌을 내놓지

지금도 내가 짓밟고 가는 하느님은 애초의 나를 낳아준 나의 어머니의 어머니

콩댐

한지바닥에 콩물을 먹인다
삼배 홑이불 끌어와 덮는 몸짓, 표정이 붉다
덧바르고 문지르는 낙서
사랑의 징표가 쌓이는 프러포즈
콩물을 묻힌 입술이 능선을 넘는다
서산에 현미밥이 뜸들어간다
산은 노랑턱멧새를 닮은 낙조
새털구름으로 짠 옷감이 펄럭인다
언덕에 초롱꽃잎 수놓은 옷이 걸린다
보송보송한 살갗 같다
솜털 같다
갓난아이 숨소리가 들리는 가을들녘 같다
새근새근 잠이 든다

초가

산 아래 산만 있었다
언덕만 있었다
누렁소가 누워 있었다
도토리나무에 야생버섯이 자랐다
농부는 토벽에 누렁소 등잔을 올렸다
벽에는 누렁소 눈망울이 글썽였다
하늘이 숨어 있어라 했다
언덕에 가물거리는 말똥
풍경화에는 집이 보이지 않았다
풀밭만 있었다

처마 아래 30도로 절하고

버튼음 없이 화면이 자동으로 열리는 여자
정 주지 않아도 통장이 비어도 밥 챙겨주는 여자
심장을 데우는 여자
알람이 없이도 진동으로 다가와
손가락 따라 추가설정으로 반주하는 여자
젤리 같은 포즈로 비정형 도형으로
30각도로 인사하는 여자
비스듬히 누워서 방긋 웃는 여자가 날마다 찾아온다
처마 밑으로 깊숙이 밤에 군불을 지피라고
지갑에 연료를 차곡차곡 넣어 주는 여자
바지주머니 씨감자를 만지듯 시간을 데이터링 한다
허리춤에서 간드러지는 복숭아 꽃
복사꽃이 피고 복사꽃 지는 오후다

유월의 대왕나무

대왕참나무가 호랑이발톱을 세운다
뾰쪽하게 날을 세운 이파리가 오므렸다 펴지면
숲을 지나던 바람은 울컥, 푸른 피를 쏟는다

나무들이 발톱을 곧추세우는 유월
햇살의 따가운 입술도 새파랗게 질린다
산의 정수리에 불화살이 내리꽂히면서
시위를 떠난 화살이 바람의 심장을 관통한다
성난 물결이 파도처럼 밀리고 쓸려간다

내 가슴을 찌른 이파리가 푸른 피를 뿌리고 간다
박새가 바람의 허리에 금반을 누른다
누구든 이곳에 와서 칼을 한번 맞아봐라
답답한 이여, 이 푸른 수술대에 누워보아라
숲에는 심장을 도려내는 푸른 칼날이 있다

오래 작동을 멈춘 해체된 내 장기臟器들,

하나 둘 나뭇잎이 된다

새소리 담은 숲이 된다

바람이 분다

다시 호랑이발톱이 일어서고 있다

* 대왕참나무 : 높이 40미터까지 자라는 낙엽활엽수, 큰 잎 가장자리에는
  호랑이 발톱 같은 3-7개의 뾰쪽한 침모양의 톱니가 있다.

왕버들 두 그루, 그 사이의 잔상

두 개의 반지름이 나사선을 따라 빛 에너지를 잡고 돈다
푸른 초점이 생기고, 눈이 생기고, 눈과 눈이 월식으로
겹쳐져
서로에게 기꺼이 한쪽 어깨를 내주고 서 있다

수면 아래로 에너지가 스며들어 축이 비스듬히 자라서
한 지붕 아래로 끈을 둥글게 엮는다
좁아진 끈과 끈 사이가 살랑거린다, 그것이 생의
푯말이라고
바람이 불때마다 나뭇잎이 베껴 쓴다
나른한 몸을 비틀어 서로 어깨를 기댄 봄 나절
새순의 눈금이 허리춤에서 간들거린다

만남은 벌집에 저녁식탁을 차리는 일
무성해지는 생머리를 풀어 수면위에 적시고
볼에 볼을 비비면 하트아이콘에 푸른 불이 켜진다

물총새가 세 한 칸 얻어 나비자물쇠에 나비를 본뜬다
두 개의 어깨가 대칭으로 만날 때
축은 족보처럼 서 있고
나비날개가 파닥였던 회수와 물결에 부서진 어깨가
다닥다닥 모자이크된 왕버들의 내력을
새가 부리를 열고 물위에 점자를 찍는다

암술이 부러진 수술의 어깨를 쓰다듬는다
조각난 계절이 밀려와 요리를 하고
바람이 내밀한 구멍을 뚫어 노을을 수면 아래로 밀어
넣는다

끈을 이식한 환락의 전율
물빛으로 번지는 관계가 식탁보 위에 흐른다
두 개의 그림자가 붉어지고 있다

연못

　눈물이 물로 되돌아가는 인고의 학교 개흙에는 지렁이가
짐승의 고기를 뜯어먹고
　이슬을 토해내는 곳, 물이 물을 뜯어먹는 물의 학교가 있다
돌고 돌아 교실을 나오면 옷걸이에는 새 옷이 걸린다
　자유는 땀구멍 속에 갇혀 있어 강물처럼 흘려야 맛볼 수
있는 기회, 좁은 틈을 지날 때 눈이 밝아진다
　잠시 눈을 감아야 넓은 들이 펼쳐진다 몸들이 꿈틀거리고
어두운 터널에는 세상에 탁한 것들이 다 모이지만 손전등을
비추면 잠들지 않은 눈동자가 반짝이고 있어 씨앗을 터뜨리고
있어 닫힌 문이 열린다
　당장 빛이 눈을 감고 있을 뿐
　뿌리 깊은 연뿌리가 잠자고 있을 뿐

얼렁뚱땅 시리즈

골이 깊어지면 숲의 윤곽을 잊어버린다
생각이 깊어지면 손이 보이지 않는다
틀은 얕은 시냇물을 건너가듯
찰방찰방 건너 갈 때 잘 잡힌다
물의 무늬 강돌의 표정 발자국의 깊이는 깊어질수록
흐려진다
흙이냐 모래냐 따지지 않는다
집을 짓는 일은 조리개를 당겼다 늘이는 사색의
연습장이다
눈을 감았다 잠시 뜨는 버릇은 목구조의 프로세스
높낮이의 스케일보다 날개가 있는 착용감을 찾는다
따지지 않는다
풋풋한 손놀림으로 만진다
투박한 손이 여백을 만든다
나뭇결이 숨을 쉰다

거슬러가는 강

　가래나무골 동박은 곤드레나물 한바구니 이고 청량리 시장으로 떠나고

　평화시장 이불 봇짐 지고 나는 차돌배기 야무지게 갈아 엎은 백운산 자락 산도라지 밭으로 강을 거슬러간다

　아우라지 동백은 동백꽃 한바구니 이고 꽃구름에 실러 양재 꽃시장으로 가고

　나는 영등포 등불 등짐지고 갈미벌 섶다리 지나 꼬부랑재 쇠목여울 쪽배를 지키시던 어머니 곁으로 간다

　동박이 피고 동박이 졌다

　할미꽃 피고 애기 할미꽃 폈다

　백운산 자락 먹구름 따시든 어머니도

　가수리 노목의 뿌리로 남으셨다

　나는 어라연 나리소에 글썽이는 달빛으로 발을 담근다

제 **4** 부

나무에도 성질이 있다

나뭇결 일기

시계숫자판에는 시침의 일기가 쓰여 있다
시침이 물고 간 톱니바퀴만큼 습작한 노래가 있다
나무토막으로 만든 시계를 벽에 걸어두고서
나무의 그늘을 본다
시침은 나이테의 시간을 먹은 힘으로 간다는 것을
나이테에는 시간이 구름을 얼마큼 먹었는지를
막대그래프로 표기되어 있다
키 작은 막대에는 아이의 손금이
굵고 키 큰 막대에는 할머니의 표정이
시간의 손자국이
덧칠한 햇살의 몸부림이 그려져 있다

대패질

소나무 판자를 다듬는다
대패머리 꽉 잡고 꼬리를 힘껏 당기면
나무는 윙윙 눈밭에 누운 노루 울음소리를 낸다

대팻날이 나무를 한 겹씩 벗겨 먹을 때마다
아가리에는 속살이 한 움큼씩 폴폴 솟아올라
무지개를 그리고 달을 그리다가 허공으로 흩어진다
그 부피는 헐어놓은 예금통장처럼 두께가 얇다

생옹이 위로, 대팻날이 가쁜 시간을 당기며 지나간다
덜커덕, 이빨 하나 부러지는 소리
굳은살 박인 손을 덜컹 잡는다
가변차로에 우뚝 멈추어 선 대팻날, 삶에는
어느 것 하나 가벼운 것이 없나보다
꾹꾹 씹혀서 살점이 뜯겨나가는
여린 것들의 마지막 울음소리
언제나 빗나가고 거칠다

가속하는 힘은 어느 시점 고개를 숙여야한다
머리 숙인 대팻날이 밀도 있게 밀고 간다, 서서히
깎는 것이 아니라 제 스스로 다스리는 것이다
방향을 튼 칼날이 볼륨을 조절한다

조금씩 일어서는 판자, 그려지는 산 풍경
솔향기 그윽한 음표를 따라 등줄기가 미끈해진다
투박한 손으로 오래 쓰다듬는다
문득, 판자 위로
둥근달 하나 뜨는 저녁

나무에도 성질이 있다

나무둥치를 눕혀놓고 놈의 성질을 지켜본다
얼마나 꼬인 삶을 살아와서 일까
꼬인 곁눈질로 성질을 부리고 있다
태어나 단 한 번도 똑바로 서 본 일이 없는 소나무
이제는 비비꼬는 몸짓이 더 편한 그 만의 포즈다
전동 톱이 돌아가는 제재소
톱날을 피해 이리저리 꿈틀거리는 분노
목수가 자귀로 모가지를 잡고 뒤집는다
땅을 짚지도 제자리에 앉지도 못하는 장애
나무가 등판을 뒤집으며 돌아눕는다
목수가 느티나무 망치로 두들긴다
한 성질하는 놈, 그래 성질대로 살게 해주마
네가 길들여진 대로
이 거친 손, 퇴마사의 손으로
네가 가진 무게를 살살 달래주마
고통은 뒤집는 것이 아니라 달래야 하는 법
길들여진 대로 살아야 한다

소용돌이치며 살아야 한다

돌돌 말려서 꼬치가 되는 일, 익숙한 언덕길을 걸어야 한다

누마루

긴 목을 빼 두리번거리는 것은 두루미의 습성만은 아니다
뫼산을 닮은 사다리꼴
수직으로 올라 수평이 크기를 점치는 것은 원시인의 논리
그 논리는 지금도 유효해 수직으로 올라 땅을 보는 버릇은
여전하다
열린 외짝문으로 사다리꼴이 확장되어 간다
자작나무에 앉은 새들이 사다리꼴로 하늘을 난다
목을 빼는 일은 그리움의 우물
그리움의 평수를 늘리는 일
하늘만 바라보는 일이 안쓰러워
하늘은 사선으로 산을 내려와 지평선에 모자를 씌워준다
달빛으로 닦아놓은 터에 사뿐히 앉는다
암막새에 낙숫물이 떨어진다
마을 어귀 당산이 표구해 놓은 수채화 한 점
푸른 치마를 걸친 산이 마루에 둘러앉는다
구름 한 점 띄운 사발에 익은 술이 앉는다

댓돌

가는 곳 마다 바닥이 있어
바닥에 숫자가 매겨진다
바닥은 걸어도 바닥이다
바닥이기에 걸터앉을 수 있기에 돌층계에도
바닥이 생긴다
바닥에 바닥을 놓는다
바닥이 들썩인다
빗물이 스며드는 바닥은
눈물을 삼킬 수 있어 스스로 야물어진다
지붕에 대각선으로 걸쳐놓은 층계
등급은 공중에도 수면에도 있어
물오리가 수평선을 그으며 날아간다
등급은 하늘이 밟고 있는 신발
닳은 굽창으로 땅을 고른다
굽창에 붙은 바닥을 밟는다

마루 밑 댓돌
백기를 든 흰 고무신 한 짝 놓여 있다
바닥이 희다

뒤뜰

 뒷소문은 웃자란 부추 같다 자랐다지는 여자들의 수다들
밤꽃으로 떨어진다
 양배추처럼 이야기로 속이 꽉 찬 뒤란
 남새들이 알록달록 자란다
 수다는 촉촉할수록 잘 자라나는 법 돌담의 이끼로 자란다
 두레박 물 긷는 소리로 첨벙첨벙 솟아나 장독대 고추장
으로 빨갛게 익어간다
 가랑비에 살림이 쑥쑥 자라
 대접에 푸성귀를 주무르며 자란다

들보

　명재고택 늙은 들보에게 묻는다 네 나이가 몇이냐, 300, 500,
나이를 세다가 이승과 저승의 다리를 건너다가 사지가 잘리는
대수술을 하다가 전신마취 같은 세월에 생과 사를 잊어버렸다고
　살아서 천년 죽어서 천년이라
　녹명祿命은 얼었다 풀려서 강물처럼 흘러서 어느 집 대들
보로 목곽토굴에 누운 생
　생멸은 굴레처럼 넘실대는 강물인가
　물결치다 굽어 도는가, 언젠가는 상형문자로 사라질 건가
　오늘도 무거운 운수를 등에 지고 허공을 난다
　차돌돌멩이 같은 다짐으로 아지랑이 피는 들길로 나선다

먹긋기

목수가 깜깜한 먹통에 삭은 응어리를 길게 풀어낸다
빨갛게 물들어 가픈 숨을 쉬고 있는 나무판자 목수가
가슴 한 구석을 꾹 찔러 먹줄을 튕긴다
이 일은 판자에 판결문이 내려지는 일
목수의 거친 손이 떨리는 일
나이테를 읽는 목수의 눈아 날카롭다
남느냐 버리느냐 합격 발표장 같은 새 학기 반 갈림 같은
송판의 나뭇결이 떨리는 순간이다
쓸모로 남기기 위해 한쪽은 버려야 하는 순간
둥치에서 어느 날 운명처럼 잘려서
자투리로 사라져야 하는 순간이다
울타리를 벗어야 하는
누구는 누구를 위해 자투리리가 되어야 하는 진통이다
떨어져 눈물이 되어야 하는 순간이다

안마당

떡갈나무를 펀칭한 듯 빠끔한 저 구멍에는
날마다 구멍을 가진 아낙들이 세간에 구멍을 메우며 살았다
메워도 메워도 빠끔한 구멍
쥐의 목구멍과 새들의 혓바닥이 있었다
입을 벌렸다 오므려도 목구멍은 보이지 않아
쥐들은 슬프고
새의 혓바닥에는 귀가 없어 밤이 고요하다
하늘에서 보면 말끔한 구멍 하나
자시子時에 우는 부엉이 눈망울이다

구멍에서 가물가물 연기가 올라온다
화택火宅이다

적막寂寞

아무도 살지 않는 뒤란이다
환삼덩굴이 매화나무 몸통을 친친 감아 올라
정수리에 똬리를 틀고 느긋이 햇살을 잡아먹고 있다
하늘을 잃은 매화나무는 지금 저체온증이다

쇠뜨기풀은 불끈 자라 나무의 아랫도리를 허물고
이젠 미끈하던 다리마저 곪아터져 버짐이 가득한 나무
해마다 덩굴이 잘라먹는 어깨며 몸통은 반쪽이고
그물망처럼 정수리를 가득 덮은 덩굴 때문에
그가 바라보는 하늘은 햇살 한 줌 먹을 수없는 감옥이다

간혹 부챗살처럼 햇살이 넝쿨 속을 비집고 들어도
한발 앞선 자만이 밟고 일어설 수 있는 통로
그는 마지막 힘을 모아 몸속에 벼려둔 칼을 힘겹게 쥔다
잠시 이파리사이로 칼바람이 불지만
강철 같은 사슬만 그의 목을 휘감는다, 칠월 땡볕에
그의 하루는 헛구역질을 한다 목울대가 퉁퉁 부어오른다

벼랑 끝의 그녀는 구름을 잡으려 안간힘이다

안간힘을 쓸수록 우지끈, 어깨가 결리고 손마디가 저리다

겨우 덩굴 사이로 비집고 드는 햇살 한 자락 잡아본다

저 손바닥만 한 하늘 눈 아픈 자유를 찾아

밀고 당기는 뒤뜰의 시간, 다만 칼바람이 불 뿐이다

장독

정월 말〔午〕날

장독에 소금을 녹인다

싸락눈 같은 눈빛으로 소금이 생쌀을 씹듯

사각사각 거린다

뭍으로 먼 길을 걸어서 일까

살껍질 벗은 몸이 시려서

발 담그는 물이 시려서

결실은 한 겹씩 껍질을 벗겨가는 일이었으니

말릴수록 맑아지는 속살

쉼 없이 뒤척이다 쌓인 통증 끝에 돋은

아싹대는 싹

봄볕 입은 장독대, 문득 잊었던 애인을 만난 듯

메주는 실눈을 뜨고

만남을 절이는 장독에 눈꽃이 핀다

또 하나의 집을 지을 궁리

고추가 숯 방에 든다

주춧돌

업이 무거울수록 발바닥이 커야 한다

하늘은 발바닥 크기를 보고 저울에 추를 올린다

두툼한 발바닥에 둥글넓적한 발등

업의 덩어리를 받친다

살아서 지은 업을 닦는 방법에는 바짝 엎드리는 것이
최선이다

그저 땅바닥만 보고 죽은 척 꿈적 않는 것이다

어느 날 업의 덩어리가 비바람에 쓸려 통째로 강이 된다
해도

그 자리에 숨죽이고 버티는 것이다

후대, 업장참회록이 돌에 새겨질 때까지 버티는 것이다

폭설, 기와, 열애

밤새 기와지붕에 함박눈이 내린다
마지막 잔기침 같은 섣달그믐에 펑펑 내린다
두자세치 눈 더미는 층층을 이루고
기왓골은 늙은 잉어의 반짝이는 비늘로 눈부시다
알매에도 찰진 홍두깨흙이 양다리 걸치고 달라붙는다
밥 짓는 연기는 기왓골 따라 흘러가 겨울을 녹이고
수키와가 암기와의 배를 지그시 누르면
벌써 깊은 관계, 기웃거리던 바람까지 녹는다

기왓골에 쌓인 눈은 별들을 불러와
이제 솜털 보송보송한 이불이 된다
혹한이 뼈마디를 파고들어도
투명한 별들의 귀엣말, 와당에 핀 꽃잎 이부자리
내림마루 잡상이 지켜보는 할머니 오래된 옛집
눈 속에 묻혀 배를 포갠 기와가 절절 끓고 있다

함박눈 차곡차곡 쌓여가는 섣달그믐

밤새 기와는 맑게 웃는다, 환하게 트이는 방
아침이면 암막새에도 고드름이 대롱대롱 맺힐 것이다
햇살에 하얗게 젖은 옷 말릴 때까지
암수 한 몸이 된 기와는 지금 열애 중이다

팔작지붕

굽어진 소나무가 서 있는 고찰의 기와지붕은
재두루미 떼의 날갯짓을 연상케 한다
소나무군락 사이에서
장면을 연출하는 새들의 비행
푸드덕, 렌즈에 잡힌 날갯짓의 순간 포착
한지에 찍힌 수묵화
날개가 무작위로 겹쳐진다
날아오르는 몸짓은 목탄화의 밑 작업
공중에 새겨지는 먹구름무늬 같다
무늬는 조각보처럼 어긋나게 붙여져 지붕을 만든다
구름을 타고 가는 신선의 배
배와 배가 겹쳐서 희미해진 배의 정박
문양이 뭉쳐 땅에 가라앉은 기왓골의 웨이브
뒷산을 닮은 구릉이다

활주

아름드리나무에도 기댈 수 있는 작대기가 필요하다
기꺼이 이웃이 되는 작대기 낭떠러지에 자란 그루터기 같은
무선 통신망 같은 뿔
이 때 작대기는 지팡이다
허공에 외줄을 타는 기둥
가느다란 몸매에 몸놀림이 날렵하다
나무는 날마다 비행하는 기술을 익힌다
날씬한 허리를 잡는 법
쓰러지는 복사뼈를 움켜쥐는 법을 익힌다
벋은 소매가 길어질수록 근육의 진폭이 커진다
구부러진 몸짓에 지팡이는 필수,
　지팡이가 없는 유전자는 종종 지붕 없는 집을 짓는다
　벽 밖에 벽 눈물을 짓는다
　외줄에 간들거리는 허공을 짓는다
　휘어진 작대기라도 손에 잡힐 때
　허공에 터를 닦아 집은 옆으로 눕지 않는다

* 활주 : 무엇을 받치거나 버티는 데에 쓰는 굽은 기둥. 주로 추녀 아래를 받침.

눈발

아이들이 신나게 미끄럼을 탄다, 하늘놀이터에서
어깨에 어깨를 짚고 정적의 경계를 넘어 일제히 빗살을
탄다
공중은 장대한 미끄럼틀
단, 통솔은 바람의 몫이다
바람이 허공에 롤러코스트를 띄울 때마다 입가에 터지는
수수꽃다리
잠을 청하던 자작나무 허리가 뒤척인다
고요가 처마 밑 숫살대문을 흔들어 깨우는
가면을 벗은 밤의 가벼운 몸짓이 여유롭다

저 아이들은 이제 세상 밖의 아이들
아직 아무도 이름을 달지 않았고 얼굴도 옷도 웃음도
투명한 아이들
더 낮은 곳으로 유도하는 세상은 어둠 한 닢 입에 문 채
재롱을 받아주는,
고요에 묻힌 아이가 그림자를 매만진다

뒤따라 달려온 아이가 제 그림자를 포갠다
영롱한 별의 씨앗이 스머든 세상이 궁금한 듯
눈썹 폴폴 자라난 세상이 졸린 눈을 지그시 감는다

바람이 된 아이들을 신발 한 짝이 밟고 간다
뽀도독 뽀도독 아이들이 얼굴 씻는 소리를 내는 아침이다

비워둔 마당한켠에 남새밭 일구고
茅亭에 향피우고 茶를 끓여 삼매에 드니
먼발치 여염집 굴뚝은 석반에 피어오르는
연기마저 고요도 하다

제 5 부

시간을 담은 돌담

그림자놀이터

죽담에 해 그림자가 놀고 있다
살며시 고개를 들고 먹물을 찍어 토벽에 그림을 그린다
야트막한 옛집 쪽마루 붉은 고추가 단잠을 자는 곳
그림자들이 마루에 걸터앉아 종알댄다
댓가지가 들어난 문선에 기대어 옹골진 뼈를 내보인다
단추를 풀고 휘어진 등판을 내민다
키순에 따라 병렬로 줄지어 서는 해 그림자
연이어, 바람이 감잎을 끌고 와 모자이크를 한다
감이 열린 모자이크
홍시가 눈을 초롱거리며 관람석에서 내려다본다
해 그림자가 낡은 책자를 넘긴다
토방에서 미세기문을 박차고 나오는 노인의 기척이 들린다
놀란 그림자가 비틀거리며 먼 산을 본다
서른 줄에 열두 페이지로 된 그림이 있는 책
해와 달 잔별의 소식지
바람이 조판을 짜며 촐랑거린다

고향집 세월

옛집 추녀가 세월에 무너져 있다
아침햇살에 기척이 없는 쪽마루
들쇠가 빠져나간 띠살문
돌지 않는 탈곡기
쥐들도 떠난 곳간
무명치마 말리던 부엌아궁이에 고인물 가득하다
안방 빈 서랍장이 먼지 속 잠들어 있는
불러도 이름이 없는 집
조잘거리든 들쥐마저 떠난 고향
뒷간 알전구가 햇살에 반짝인다
망초를 키우는 삽과 괭이만이 헛간에서 발을 씻고 있다
아이의 울음
노인의 마른기침
새벽닭 울음을 먹고 살아온 귀기둥이
허리를 굽혀 먼 산을 집고 있다
이제 기름기가 다 빠져나간 처마
하늘 떠받치던 경외심도
때가 되면 바람 따라 버려야 하는 것
썩은 이빨을 드러내고 지난 계절을 묻는다

굴피집

삼척 대이리 이씨는 하늘로 문을 연다

문밖은 아직 눈이 열 치

두툼한 솜이불을 덮은 지붕

천지가 하얀 세상에 노인만 까만 손으로

여물을 끓이는 봉당

안방 코쿨에 관솔이 타고

굴피나무 지붕위로 매화꽃이 핀다

안과 밖이 모호한 자리

설렘은 망설임의 중심에 이는 소용돌이 같은 것

아랫마을로 가는 길은 더욱 하얗고

영창으로 스며드는 햇살은 쇠죽처럼 끓어 오른다

소 입김이 무럭무럭 자라 봉당에 피어나는 군불

굴피나무 너시래지붕에는

도토리묵밥에 흰 쌀밥이 뜸들어간다

* 코쿨 : 산골지방에 등유가 귀할 때 방안을 밝혀주고 추위를 덜어주던 일종의 벽난로

꼬리가 있는 바람

바람이 자라는 집에는 바람의 꼬리가 벽 길이보다 길다

사랑채에서 협문을 돌아 안마당으로 바람이 꼬리를 늘어 떨이고 다닌다

꼬리가 긴 바람이 문을 열고 방과 방을 들락거린다 밟아도 밟히지 않은 꼬리 끌고 다니는 꼬리의 뒷소문

몸매가 길쭉하면 꼬리도 길쭉해진다

꼬리를 자르고 샛문을 나선 여자들의 뒷소문 같은

쥐꼬리 같은 바람은 코너를 돌때마다 햇살의 눈치를 살피며 머뭇거린다

햇살의 방향성을 신점처럼 점치고 부엌 천장을 엿보다 뒤뜰의 꽃구름으로 핀다

우물마루 배꼽을 지나 마당 아랫배로 눕는다

바람을 한 움큼 손아귀에 잡아 쥐면 바람은 꼬리를 자르고 달아난다

분합문을 닫으면 돌아서서 덧문을 연다

부엌아궁이에 모인 바람은 밥을 짓고 밥상을 차린다

찬간에 숨었다가 때때로는 부뚜막에 앉아 재롱을 부린다

남새밭

허기를 눈금으로 표기하면 일곱 자를 넘지 않는다
내가 먹을 것은 내가 앉아 손을 벗을 정도
내가 누워 한 바퀴 빙 돌고도 덤으로 한 자가 남는 자리
그 곳에 상치부추가지고추 풋가지를 심어 배불리고 가장자리에
국화꽃 하나 심으면 가을이 온다
안에서 생산되는 독소는 공중에 무한대로 내다버릴 수 있다
안에는 축척을 달리하는 삼각스케일이 있다
스케일은 작을수록 면적은 크다는 사실
소담한 남새밭은 언제나 내 안의 경작지다

나이테로 짠 옷 한 벌

우리는 세 겹의 옷을 입는다
부끄러운 곳을 감추는 속옷과 외모를 뽐내는 겉옷, 또 하나
비밀과 잠자리를 지켜주는 집, 나는 이것을 나이테로 짠
맞춤복, 한옥이라 부른다
나이테로 짠 옷은 자연스런 태가 흐른다
나이테가 부챗살을 펴 하늘을 떠받치는 차림새
물 흐르듯 나무의 틀이 만들어 내는 간살의 기하학 짜임
오래 함께 해도 지루하지 않은 자태다
산과 들을 닮은 윤곽선은 유연해서 어긋남이 없고 잘 짜
맞춘 한옥은 그 자체가 자연의 장식물이다
나무와 흙으로 짜여서 촉감이 좋은 옷감이다
보드라운 색감과 질감, 나이테의 율동은 사랑하는 사람의
손결처럼 감미롭다
햇살이 시시각각 수놓는 창호지의 촉감, 방금 빨랫줄에서
걷은 옷처럼 뽀송뽀송하다
궂은 날 쪽마루에 앉아 듣는 깊은 처마의 낙숫물 소리,
사색을 부른다
살짝 안이 비치는 옷감처럼, 여닫이와 맞미닫이가 포개지고

열려서 혈류처럼 바람이 구석구석으로 흘러 몸은 가뿐하다

　무화과가 익는 마당, 장독대가 있는 뜰, 찔레꽃 피는 우물가
　세간을 두는 다락, 한옥은 품이 넉넉하다
　그 품으로 벌과 나비가 날아와 꽃을 피우고, 강아지가
뛰놀고 이웃이 편히 드나들어 이야기꽃을 피운다
　사월이면 가슴에 모란꽃 리본을 달고 봄맞이를 한다

　한옥에는 포켓이 많아 편리하다
　옆 포켓에는 한해의 곡식을 넣는 곡간, 찬을 두는 찬간, 안
포켓에는 이불과 옷을 넣을 수 있는 반침이 달려있다
　안 포켓으로 통하는 단춧구멍을 열고 군불을 지핀다
　포켓마다 미닫이 지퍼와 나비문양의 단추가 조롱조롱
달린다

　삐거덕, 나이테허리띠를 활짝 풀어본다
　뻥 뚫린 틈으로 들판이 보이고 실오리처럼 풀리는 길목
따라 아랫마을이 보이고 아득히 멀리 앞산이 머플러처럼

휘감긴다

　옥수수 익어가는 돌담길, 저녁밥 짓는 마을의 전설이
굴뚝의 연기처럼 피어오른다

돌담길

한밭마을 돌담길을 걷는다
시간의 일기장이 꽂혀 있는 길
아침 햇살에 돌담에는 수많은 아이들이 등교를 한다
가방을 들고 첫 등교하는 아이에서부터
검버섯이 깨알같이 박힌 늦깎이 학생까지
해가 떴다고 종알거린다
학생들은 해가 중천에 올라 서산으로 기울 때까지
초롱초롱한 눈망울로 계절을 따라 쓴다
초여름 나른한 저녁나절에는 호박꽃에 기대어 졸다가
꿀벌들의 출입에 잠을 깬다
비가 오면 이웃집 젖은 일기를 쓰고
눈이 오면 하얀 이빨을 드러내어
세상을 뽀얀 입김으로 잠재운다

마당

마당은 하늘의 도화지, 하늘에게도
때때로 붓과 도화지가 필요하다
하늘은 애초에 범접할 수 없는 화가일는지 모른다
먹구름이 내려앉는다.
미색도화지에 햇살 붓을 든 푸른 손
먹물을 묽게 찍어 그림을 그린다
바람이 물감의 농도를 측정해 준다
하얀색에서 짙은 회색 톤으로 붓놀림을 할 때마다
높새구름이 손놀림을 물끄러미 지켜본다
폴록의 붓놀림처럼
하늘은 먹물을 도화지에 들이붓기도 한다
지금 그리는 붓놀림의 항로는 곧 도버해협을 지나
아프리카사막을 지나 케이프타운으로 흘러가는
지오그래픽의 자전축
우두둑우두둑 물감을 도화지에 흥건히 적신다
물감이 도화지에 생긴 대로 협곡을 만들며 번져 나간다
건들바람이 먹물을 말려 공중에 펼쳐든다
한바탕 붓놀림이 지나간 자리
물감자국이 햇살에 반짝인다

마을길

  꺾은 나뭇가지를 땅에 펼쳐놓고 그림자를 베낀다 그림자가
그림을 베낀다 나뭇가지에 비가 내려 그림자가 자라난다 줄기를
비스듬히 들면 그림자가 길을 걸어 그림이 걷는다 본을 뜨면 본
뜬 대로 그림자가 손을 벋어 산기슭이 그려진다 빗소리 따라
물그림자 따라 길이 생긴다 나무줄기를 따라 빗줄기를 따라
그림자를 따라가면 그림자 같은 동네가 나타난다 안골목으로
떨어진 꽃잎들이 흩날린다 머리를 맞댄 집들이 홍시처럼
매달린다 곁가지에 가지가 붙어 집들이 자란다

  언덕배기에 꺾어둔 나뭇가지의 표정이 그림자로 겹쳐진다
  길은 구비지고 흩어지고 서로 엮어져 마을길이 생긴다
  두발의 역사가 자라난다

시간을 담은 돌담

이끼긴 돌담이 무너져 있다
단단할수록 속바람이 분다
자각이 없는 증상으로 거북이걸음으로 오는 바람
틈새로 수없이 흘러간 잔상을 펼치고 있다
그들은 이 돌담을 흔들어 놓고 어디로 갔을까
속삭이던 새들은 어디로 갔을까
기어오르던 담쟁이도 호흡을 포기하고 쓰러져 있다
영문을 모르는 돌담이
무너진 달빛에 누워 편지를 쓰고 있다
버려진 시간을 담고 있다

토담 일기

평생에 옷 한 벌 없이 웃었다
웃을수록 두꺼워지는 침묵
돌멩이가 가시처럼 박힌 침묵의 속삭임
대낮 하얀 찔레꽃으로 웃었다
보름날 달빛드레스를 걸치고 잔별을 유혹하며 웃었다
어느 날 빗발치는 소낙비에 심장이 뚫어져
누런 피고름이 철철 흘리는 덩어리
퉁퉁 부은 심장을 끄집어내며 웃었다
뒤뜰 흔들리는 댓바람에 흔들흔들하며 웃었다
스스로 바닥이어서 웃었다
바닥에 누워 잠들 수 있어 웃었다

햇살극장

잿빛 휘장이 열리고 영사기가 돌아간다

물매 얕은 양철지붕 아래 바지랑대 비스듬히 누운
가랑비 젖은 마당이 보이고
감나무 가지 끝 까치가 까악 동산을 찢으면서
조조영화의 첫 장면이 뜬다

넝굴니트를 걸친 이마가 톡톡 튀어나온 돌담이 슬금슬금
다리를 삽짝으로 벋어 기지개를 켠다
불개미가 들락거린 돌 틈새
바람을 파먹은 금매화가 가는 목을 갸우뚱거린다

의수족을 착용한 노인이 툇마루에 걸터앉아
쪽거울을 세살문에 걸어두고
남은 한쪽 손으로 억센 수염을 문지르며 면도를 한다
풍기가 있는 안식구가 침침한 부엌문턱을 넘어
세숫대야에 데운 물을 들고 나온다

남새밭 고랑 따라 풋고추가 키를 키우는 작은별 변수곡
막내아들 출소 소식 기다리는 노파의 눈꺼풀이
살평상에 묵은 씨앗으로 깔린다
밤도둑 다녀온 고양이가
노파의 엉덩뼈에 졸린 눈을 비벼댄다
돌나물 자리 까는 덧바른 시멘트 위로 너덜거리는 장독대
검게 탄 양은솥은 잠들어 있고
흙벽을 타고 오르던
인동초가 처마 끝에 하늘꽃집을 짓는다

다알리아 수줍은 꽃대 선 삽짝,
작대기 걸친 대문을 여는 노인의 기울어진 등 위로
배꽃이 와르르 떨어져 수놓은 무대

외양간 벽화

무당거미가 집을 지은 옛집
주인 잃은 외양간, 줄자로 크기를 재어본다
사방 여덟 자
킹사이즈 흙침대 크기랄까
이곳에 누렁소가 안식을 취했나 보다
바깥마당의 끝자리, 별빛 한 점 덮고
샛기둥을 가로지른 참나무 등긁이 하나로
스스럼없이
추녀 아래 둥근달이 걸리면
수수깡 흙벽에 밭고랑 일기를 쓰고
여물 한 점 씹으며
지그시 감는 눈에
눈 내리는 밤도 외롭지 않았나 보다

절제, 그 맑음

장면은 선택하는 순간

장면이 사라진다

동전의 양면은 어느 쪽을 포기할 때 나타난다

소반에 백자 찻그릇이 놓여 있다

맑다

맑음, 단숨에 마실 수 있는 그릇이기에

비어 있기에

단숨에 마셔버렸기에

찻그릇은 채우는 그릇이 아니듯

가라앉은 집

장면이 겹쳐지지 않을 때 풍광이 보인다

물안개 걷힌 호수

새벽이 온다

빛의 공간과 우주의 시간이 빚은 언어의 탁마

박 해 림

(시인 · 문학박사)

　지금 이 땅에서 수많은 시가 창작되고 있지만 정작 '한옥'에 대한 시를 창작해 한 권의 시집으로 묶은 예는 없다. 몇 몇 시인의 개인적 관심에서 비롯된 한옥예찬이나 에피소드를 곁들어 역사적 관점의 시를 쓴 예는 있지만 부분이거나 전체를 조망한 것이 대부분이다. 하지만 시인 우종태는 이에 만족하지 않고 아예 시집 한 권으로 묶었다. 아마도 우리나라 최초의 한옥시집이 될 것으로 보인다.

　우종태의 '한옥' 시편들은 단순한 개인적 관심에서 비롯된 것이 아니라는 점에서 눈여겨봐야 한다. 그가 시인이며 동시에 한옥을 전문으로 짓는 건축가라는 점 때문이다. '한옥' 시집이 가능한 이유가 될 것이다. 무엇보다 그가 가진 직업적 전문성이 시편에 골고루 발현된 독특한 안목이 돋보인다. 읽을수록 시인의 예리한 관찰력과 상상력 그리고 감수성의 결과물을 깊이 주목하게 된다. 제목 '시로 짓는 한옥'이라는 독특한 발상은 이러한 가운데 탄생했다.

　시인은 바쁜 일상을 살고 있는 세인들의 한옥 소외는 마음에 두지 않고 오직 한옥이라는 주거공간과 시적 감수성의 만남에 역점을 두었다. 특히 계층적 삶의 부조리와 삶의 부대낌에만 해학이 존재하는 것이 아니라, 한옥의 구조와 역할이 갖는 이름에도 해학이 스며있음을 재치 있게 보여준다. 한옥을 재해석하면서 한국인만이 갖는 독특한 문화인 이웃과의 친화, 가족과의 친화, 환경과의 친화의 공동체적 정신문화가 동시적으로 승화될 수 있음 보여주고 싶은 것이다. 한국인에게 익숙한 전통적 주거문화와 미적 감수성 그리고 정서의 미래지향적인 모습을 구태의 단순 복원에 두지 않는다. 새 것만 좇고 가치를 부여하는 이 시대에 온고지신溫故知新에의 미덕을 다시 한 번 확인하고 깊고 넓게 환히 보여주고 싶은 것이다.

　'집이란 세계 안의 우리들의 구석인 것이다. 우리들의 최초의 세계이다. 그것은 정녕 하나의 우주이다. 우주라는 모든 뜻으로 우주이다.'라고 설파한 가스통 바슐라르의 말은 얼핏 단순한 것 같아 보인다. 하지만 결코 단순하지 않다. '나'와 외부세계의 보호와 그 관계성과 밀도, '나'와 우주의 조화로움 그리고 '나'의 추억이 공존하고 거기에서 빚어지는 역사성까지 포괄하는 특별한 공간 그 이상의 의미로 확장하고 있기 때문이다. 하지만 집이 갖는 통상적 개념 즉 누구나 쉽게 이해하는 범위 안에서 집에 대한 그의 논리가 출발했다는 것은 쉽게 이해할 수 있다. 우종태의 시집 『한옥, 시로 짓다』도 이러한 명제의 도정에 놓인다. 공간과 사유의 고리가 '한옥'이라는 독특한 건축물에 깊이 개입되어 있기 때문이다. 현재적이고 실재적인 현실의 공간과 '나'의 기억 속에 깊이 각인되어 있는 공간은 시간성과 역사성에 의해 무수한 의미를 확대재생산할 수 있다. 그것이 형태로만 남을 수 있고 형태에 깃든 기억을 불러내어 더불어 의미를 부여할 수 있다. 한국인만이 갖는 독특한 주거문화의 정서와 결합할 때 특별한 산물이 된다. 시인의 예리한 시선은 이러한 포착을 통해 '한옥'이 단순한 주거공간으로서의 기능만을 하는 것이 아니라, 그곳에 깃든 사람들의 발자취와 시공간에 부여된 구조물의 역할과 관계성에 주목하고 있음을 알게 된다.

1

　'한옥은 전통적 한국 건축 양식을 사용한 재래식집, 즉 조선집이다.'라고 국어사전은 정의한다. 덧붙여 '현대식으로 지은 집을 양옥이라고 하고 한옥은 뒤로는 산을 등지고, 앞으로는 물을 마주하며 남쪽으로 집을 짓는 것을 이상적으로 본다.' 했다. 일반적으로 한옥을 이해하는 데 필요한 기초적 내용이다. 한옥은 냉방을 위한 마루와 난방을 위한 온돌구조를 가진 우리나라 고유의 가옥형식이며 구조상 못이나 접착제를 쓰지 않고 끼워 맞춤 형태로 되어 있어 매우 튼튼하다. 집의 수명이 매우 길고 북쪽 지방의 한옥과 남쪽 지방의 한옥은 각각 기후에 맞게 건축된 특징을 보여주고 있다.

　한옥은 겉으로 파악된 형태적 측면과 안으로 파악된 구체적 측면으로 살펴볼 수 있겠다. 기와, 처마, 대들보, 기둥, 창호, 마루, 벽, 주춧돌, 써까래 등의 구성요소와 더불어 대문, 마당, 부엌, 사랑방, 안방, 마루, 화장실, 장독대 등의 공간적 구조의 쓰임새에 대한 세부적 내용에 대한 이해는 한옥의 구성요소를 따라가며 시를 감상하는 데 매우 도움이 될 듯하다. 한국 사람이면 대부분 한옥에 대한 이해가 밝다. 이웃나라 일본이나 중국의 고유 건축물과도 충분히 비교 검토할 수 있을 정도이다. 그러므로 더더욱 이 시집은 한옥을 새롭게 이해하고 인식하는 좋은 기회가 될 것이다. 건축물의 구체적인 설명보다 비유와 은유를 통해 시인의 남다른 감성을 맛볼 수 있어서이다. 한옥의 구성원리와 역할을 재확인할 수 있는 기회가 될 것은 자명하다. 한옥 전문건축가의 결합이 빚어낸 결정체를 확인해 볼 수 있기 때문이다. 다양한 측면의 시들을 대표적으로 추려서 살펴본다.

흘레붙은 개의 모양일까
핫바지 내리는 선비의 해학일까
야트막한 처마아래 안방에 붙어 대청에 붙어
사랑에 붙어 덤으로 산다
엉덩이 달싹 붙이고 빈정대듯 비바람 피해
간신히 몸을 숨기고 산다
그래도 얄궂은 세간은 내 차지
밤늦도록 끽끽대며 달빛 정리를 한다
뒷면은 면이 아니라고
뒷면의 면은 곰팡이들의 은신처라고
하지만 떨어지는 꽃에는 배후가 숨어 있는 법
통제로 내다버린 살림의 빛깔이 있어
뒷면의 고요에는 아랫목만큼 배가 부르다
등짝이 서늘한 뒤뜰 개암나무에 이야기가 주렁주렁하다

―「개흘레」 전문

이 시의 제목인 「개흘레」(집의 벽 밖으로 조그맣게 달아낸 칸살. 칸을 늘이거나 벽장을 만들어 낸다.)는 단순히 구조적 이해와 해석을 위한 전제가 아니다. 집에 대한 새로운 눈뜸과 해학적 요소를 동시에 주고 있다는 데서 실소가 나온다. 구조물이 갖는 역할의 설명도 설명이지만 명칭이 갖는 인상적 요소가 더 강렬하다는 말이다. '개흘레'를 갖는 낱말의 의미를 전제하고 시를 읽어나갈 때 실소가 나오는 동시에 그 역할의 명징함과 상징성은 한옥을 다시 이해하는 데 매우 도움이 될 것이다. 두루뭉수리로 한옥을 이해하고 있는 사람에게는 분명 새로운 눈뜸을 제공한다. 뻔히 보고 있으면서도 그 역할을 이해하면서도 그 구조물의 이름을 모르고 있는 경우가 많기 때문이다. 우리 조상들의 안목, 즉 있는 그대로, 보이는 그대로의 형상을 통해 느낌으로 언어를 재구성하는 놀라운 언어의 탁마를 확인한다. 얼핏 민망할 정도의 이름일 수 있지만 알고 보면 그 속에 깃든 구수하고 소박한 이름을 일상에서 생활 속에서 관계에서 찾아낸 경우가 될 것이다.

그녀가 떠난 빈 집,
보일러를 놓기 위해 오래된 방구들을 뜯어낸다
손때가 눌어붙은 장판이 걷혀지고
노랗게 잘 익은 그녀의 주름살이 환하게 웃고 있다.
곡괭이가 여든 살 어깨에 침을 꽂고 시간을 뒤집는다
새까맣게 탄 속살이 옷을 벗는다

방고래 넘어 그을음을 삭혀온 그녀
밥을 지을 때마다 뽀얀 입김이 밤하늘에 피었다

삭은 그을음은 거름이 되고 감나무에는 감이 영글었다

그녀는 불을 지피지 않았다
튀는 불똥을 아궁이에 끌어 모으고
불씨를 가슴에 품어 가난이 잠들기를 기다렸다
꿈은 개자리를 건너 샛별에 잠들고
동이 틀 때까지 새싹들이 돋아나 꽃불을 한 잎씩 따먹었다
아랫목에서 아랫목인적이 없었던 그녀

그을음이 서릿발로 번지는 밤
어둠에 시린 발을 묻은 구들에는
윗목 꽁꽁 언 물걸레보다 야무진 싹이 자랐다
홑처마 햇살 나지막한 날, 툇마루에 어둑발을 말리고
능선에 걸친 구름 한 점 걷어 수수깡 흙방에 솜이불을 탔다

띠살문 흔들리는 밤이 지평선 아래로 가라앉는다
플라스틱배관이 촘촘하게 깔리고
푸석거리던 아랫목의 프로그램이 시멘트 바닥으로 닫히고 있다

　－「구들 유적지」 전문

　방구들은 부엌의 아궁이를 연상케 하고 한옥의 상징성을 대변한
다. 집의 공간에서 가장 큰 역할을 차지하고 있는 것이 '방'이기 때문
이다. 방은 사람에게 절대적인 공간이다. 사람의 격을 높이는 쉼터
이자 생명을 보존하고 생성케 하는 기능적 요소를 포함해서 정신과

육체를 이완시키는 비밀스런 공간이다. 방을 따뜻하게 데우는'구들'은 그 집에서 둥지를 튼 사람들의 생명보존과 일상생활을 유지하는데 특히 중요한 구조물이다. 계절에 맞게 아궁이에서 불을 때어 적절한 온도를 조절하면서 건강한 생명을 키우고 유지하는데 큰 역할을 한다. '그녀가 떠난 빈 집/보일러를 놓기 위해 오래된 방구들을 뜯어낸다'로 시작되는 구들의 이야기는 한국인이면 누구나 익숙하다. 시대에 뒤처진 난방용 구들은 '곡괭이가 여든 살 어깨에 침을 꽂고 시간을 뒤집는다'의 질박한 표현에 놓인다. 80년의 나이, 노화에 접어들어 더 이상 쓸모가 없어졌다. 이 방의 주인인 '가난한 그녀'는 '방고래 넘어 그을음을 삭혀온 그녀'였다. 밥을 지을 때 말고 추운 겨울, 좀체 불을 지필 수 없어 '아랫목에서 아랫목인적이 없었던' 그녀이다. 그래도 부대끼며 살아온 구들을 이제는 '플라스틱배관', '시멘트 바닥'에 밀려 더 이상 미래로 가지 못한다. 시인의 시선은 오래된 구들을 뜯으면서 코가 쩡한 '그녀'이야기를 통해 구들의 시간, 구들의 존재감에 종지부를 찍는다. 이제는 보일러가 그 불편한 자리를 밀어내고 해결할 것이므로 시원섭섭한 마음을 숨기지 못한다.

이빨이 맞지 않는 둘 사이에 입을 딱 맞추는 일은 의외로 쉽다
손에 손을 포개는 것
어깨에 어깨를 기대고 있는 것이다
나무밑동이 울퉁불퉁한 바위산을 걷는다
너럭바위가 있는 계곡을 타고 내린다
구불구불한 길이 굽이쳐 흐른다
능선을 오르내리며 오솔길을 걷다보면

계곡을 따라가다 보면 능선을 닮은 길이 생긴다
그가 흘린 눈물은 능선을 닮아 올망졸망 산 바위로 단단해진다
나무와 바위 숲이 닮아간다
사이가 좁다
너와 나 틈이 좁다 딱 들어맞는 사이

　―「그레질」 전문

　우리나라 건축물의 시공에서 그레질(기둥이나 재목 따위에 그레로
그 놓일 자리의 바닥의 높낮이를 그리는 일. 한옥에서 기둥과 자연석
주춧돌의 맞춤기법에 쓴다.) 즉 그렝이 공법은 건축공학상 매우 논리
적이고 이상적, 자연친화적 공법으로 그 우수성이 이미 세계에 알려
져 있다. 그 대표적 그렝이 공법으로 시공한 건축물로 경주 불국사가
있다. 오래 전부터 근처의 크고 작은 지진에도 불국사는 아무런 영향
을 받지 않았다는 기록이 그것을 증명한다. 그 외 성곽에서도 사찰의
기둥이나 석탑 등에서도 그렝이 공법으로 시공된 것을 볼 수 있다. 자
연과 건물 혹은 구조물과의 조화는 자연과 인간의 조화로 받아들였던
우리만의 건축술이었다. 이것은 한옥건축에서 재확인 되고 있다. '이
빨이 맞지 않는 둘 사이에 입을 딱 맞추는 일은 의로 쉽다/손에 손을
포개는 것'으로 인식된 그레질의 출발이 '어깨에 어깨를 기대고 있는
것이다/나무밑동이 울퉁불퉁한 바위산을 걷는다/너럭바위가 있는 계
곡을 타고 내'리며 그레질을 통한 시인의 상상력이 가미된다. 재미있
는 말놀이 잇기를 보듯 나무와 돌의 합치점에서 자연과 자연, 인간과
자연의 합일을 발견한다. 한옥의 건축술에서 만난 자연과 인간의 합

일은 매우 시적이어서 시인의 예리한 시선의 깊이를 확인한다.

골목에 신발을 벗어두고 떠난 이후로
문간방 텃밭에는
부추도 상추도 자라지 않고
네 그림자만 자란다
밑창이 다 닳아 버린 신발
문구멍을 울타리로 감싸며
네 모습이 낡은 액자로 걸려있다
언젠가 산 너머 산다는 소식
먼 소식은 봄비처럼 내렸고
봄눈이 녹아내리는 골목
하얀 발자국이 가물거리는
너의 뒷모습을 찍으며 내려가고 있다
잔불처럼 깜박거리는 속눈썹
빨간 숯덩이 하나 끄집어낸다

―「눈꼽재기창」 전문

창은 보통 채광이나 통풍을 위한 용도인데 '눈꼽재기창'은 밖의 기척과 동정을 살피는 용도까지 더해졌다. 창의 용도에 어울리는 이름이면서 한편으로 귀엽기까지 하다. 보잘 것 없다는 뜻의, 눈곱을 속되게 이르는 '눈꼽재기(눈곱자기)'라는 단어가 건축물의 이름에 직접적으로 쓰이고 있다는 것이 한옥의 기품에 어긋나 보이지만 오히려 앙징스런 멋이 있다. '골목에 신발을 벗어두고 떠난 이후로'문간방에 붙은 '눈꼽재기창'에서 바라본 이별은 아주 조용히 이루어졌다. 그 흔적까지 희미하다. '부추도 상추도 자라지 않는'다. '언젠가 산 너머 산다는 소식'은 '봄비처럼 내릴' 뿐이다. 하지만 아무도 몰라도 이 모든 것의 처음과 끝을 다 알고 있는 유일한 목격자는 '눈꼽재기창'이다. 대문이나 방문을 열지 않고도 외부에 일어난 웬만한 일은 다 알고 있는 목격자의 역할을 창이 하고 있다는 것이다. 한옥의 멋 중 주어진 역할 탓에 은근한 멋에 속한다고 하겠다.

시 「문간방」 역시 은근하다. 방 중에서도 매우 낯익은 이름인 문간방은 이름과 함께 그 의미가 가지는 공간의 역할이 외부 세계와 함께 내부 세계를 함께 공유하고 있어 특별한 공간이 된다. 이쪽에 기울고 저쪽에 기울어 안과 밖을 동시에 아우르는 문간방은 예로부터 서민들의 삶을 대변해 왔다. 포근한 보금자리도 되지만 집의 가장 바깥에 존재해 주인집의 문지기 노릇도 해왔다. 그래서 눈도 그냥 쌓이지 않고 '문간방부터 쌓인다//(중략)호롱불에 메주가 익어가는 방'은 집의 안과 밖을 명확히 구분하는 경계의 역할을 했다. 눈이 문간방부터 쌓여 외부세계의 질곡을 차단한다. 누구는 보호받고 누구는 보호를 위한 방패막이 된다. 하지만 그 방의 낮은 촉수의 호롱불 아래에서도 한 해 양식인 메주를 익혀 낸다. 삶의 경계에 대한 시인의 후각이 잘 살아 있는 부분이다.

2

우종태의 한옥 예찬은 우주구성 원리의 친자연적이고 과학적인 구성에 근거하고 있다. 시대가 아무리 바뀌고 현대화되었다지만 무위자연의 멋과 무기교의 기교, 무계획의 계획 등 질박하고 구수한 멋이 우리 민족에 맞는 최고의 가치라고 생각한다. 그러나 시인은 단순히 한옥 예찬을 하는 것이 아니다. 시라는 장치를 통해 한옥에 대한 이해를 새롭게 각인 시키고 싶은 것이다. 과학적이고 실제적인 역할과 구체적 이해와 더불어 재미있는 스토리를 입혀서 궁금증과 호기심을 더하고 싶은 것이다. 그래서 한 편 한 편 각을 달리해서 작품을 살펴볼 필요가 있다.

옛집에는 웬 턱이 그리 많은지
턱을 넘어 턱 문지방부터 부뚜막까지
그 턱에 걸터앉았다
문턱은 산마루 넘어가는 고개
턱을 지날 때마다 고개가 하나 더 생긴다
고개 너머 고개가 있음을 본다
바닥 아래 땅이 있음을 본다
경계는 있어도 벽이 없고
벽은 있어도 차별은 없어 분합문이 열린다
문턱은 단절이 아닌 구간의 구분
미지의 세계로 가는 길목이다
문턱에 서면 가야할 길이 너무 많아 발걸음이 멈추는 곳이다
방향이 없어 감각이 모호해지는 곳이다
문턱에서 문턱으로 징검다리 건너가듯 턱은 놀이터다
완자장지문에 완자는 있어도 구분이 없어 문턱에는
찰랑찰랑 물이 넘쳐흐른다

—「문턱」전문

한옥은 겉으로 볼 때와는 달리 그 역할에 맞는 공간이 있는데 그곳마다 턱이 있다. 양옥과 달리 공간과 공간을 구분하는 선을 턱을 만들어 쉽게 넘나들지 못하게 해 놓았다. 용도에 맞게 장치를 한 셈인데 그 '턱'이라는 것이 얼핏 이해할 법 하다 싶다가도 조금 애매한 데가 있다. 분명 공간 보호를 위해 만들어놓은 것인데 이쪽 공간에서 저쪽 생활공간의 너머를 쉬이 넘기 힘들게 인식되기 때문이다. 집의 공간에서 칸을 나누는 의미는 분명 그 용도에 맞는 공간을 분리하기 위함인데 한편으로는 그 칸의 진입이 쉬 허락되지 않는 의미를 시인은 예리하게 짚어낸다. '옛집에는 웬 턱이 그리 많은지'의 하소연 같은, '문턱은 산마루 넘어가는 고개/턱을 지날 때마다 고개가 하나 더 생긴다'의 경험적 자아의 턱은 일상에서, 삶에서 만나는 고비와 동일시되고 있다는 것을 알 수 있다. 그래서 시인은 턱을 통해 공간의 의미를 확대한다. 동시에 턱에 의해 문의 역할이 더 선명해지고 방향과 길의 제시까지 이루어지고 있을 살핀다. 분합문의 경우가 그렇다. 이 얼마나 기가 막힌 기능성 문인가. 공간과 문의 미학적 가치도 대단하다. '문턱은 단절이 아닌 구간의 구분/미지의 세계로 가는 길목'으로 파악한다. 오히려 '문턱에 서면 가야할 길이 너무 많아 발걸음이 멈추는 곳'임을 환기시키며 내면의식의 자각까지 이끌어낸다. 방과 대청사이의 들어 열개문으로 공간을 완전히 분리시키기도 하고 필요시 한 공간이 되게 하기도 하는 분합문의 경우가 아니라도 가능할 것이다. 시인의 시선은 이제 '턱'을 '문턱에서 문턱으로 징검다리 건너가듯 턱은 놀이터'라고 설정한다. 더 이상 걸림돌이 아니라 오히려 놀이로 승화시키고 있음을 알 수 있다.

한옥은 아날로그 앰프인가 암페어가 흐르는 짐승들의 거주지
인가 산줄기를 타고 케이블을 타고 내리면 산자락에서 늙은 표범
이 포효한다

생명의 체계는 전류처럼 흐르는 암페어, 기어 다니는 벌레들의
잔치, 능선을 담은 나이테, 진공관 불빛 같은 사랑방의 등불, 뚜껑
을 열고 들어서면 스피커케이블처럼 늘어진 토담 낡은 앤틱 스피
커 같은 살림이 추상화로 펼쳐진다

전류처럼 엉킨 흙집, 분석하지마라, 왜냐고 따지지 마라, 묻지
마라 때로는 얼렁뚱땅 깎아 만든 집, 먼지들이 뭉쳐 점을 찍어 놓
은 집 그저 그렇게 만들어진 흙장난 같은 집 장난꾸러기 손바닥
처럼 주물러 놓은 집, 산을 바라보며 천천히 마을로 접어들면 맑
은 베토벤 교향곡 6번이 우렁차게 들리는 집, 마을이 있다

—「한옥, 그 빈티지 철학」 전문

한옥에 대한 시인의 철학이 이 한 편의 시에서 잘 나타나 있다. '한
옥은 아날로그 앰프인가 암페어가 흐르는 짐승들의 거주지인가 산
줄기를 타고 케이블을 타고 내리면 산자락에서 늙은 표범이 포효한
다'라고 한옥이 갖는 평안과 범상치 않은 진동의 흐름을 '암페어', '늙
은 표범'으로 압축시켜 놓는다. 한옥에 깃든 사람의 강건성과 편안
한 삶의 자리, 공간적 상황의 지향성을 짐승, 벌레 또는 전류 그리고
클래식 음악에 적절히 버무린다. 모든 생명의 활력은 집에서 비롯되
는 바, 한옥의 소재와 방에서 비추이는 등불 같은 것이 토담에 부딪
혀 한 폭의 추상화가 된다는 시인의 상상력은 종횡무진이다. 1연의

전경이 3연에 이르러 한옥의 개념을 전통 흙집으로까지 확장시킨다. '먼지들이 뭉쳐 점을 찍어 놓은 집 그저 그렇게 만들어진 흙장난 같은 집 장난꾸러기 손바닥처럼 주물러 놓은 집'으로 변주한다. 한옥의 의미가 우리의 삶을 태동시킨 옛날 옛적의 허술하기 짝이 없었던 그때의 집들까지 다 함께 포함되어야 함을 시인은 강변하고 있다. 베토벤 교향곡 9번이 울려 퍼지는 「한옥, 그 빈티지 철학」은 하나이면서 여럿이라는 것을 잘 보여주고 있다.

> 어둠과 밝음은 아리송한 계약
> 어두운 곳에서 밝은 곳을 볼 때 심장은 뛰고
> 밝은 곳에서 어두운 곳으로 향하는 일은 기다림이다
> 어둠은 반쯤 지퍼를 열 때 신비롭다 막힌 듯 열리는 빛
> 짙음과 옅음으로 분산되는 혼돈이 서성인다
> 두근거리는 가슴에 꽃무늬를 새겨담다
> 꽃술이 신호를 보내고 꽃술을 담은 보따리가 밝아온다
> 색동옷 끄나풀에 우리의 만남은 마루를 지나 마당으로 확장되어 간다
> 어둠의 비밀통로에 어둠이 밝아 온다
> 비밀의 정원에 꽃들이 눈을 부빈다
> 어둠을 덧바르는 맹장지의 변장 벽속으로 숨는 두껍닫지문의 마술에
> 기다림의 밤이 온다
> 문구멍에도 세상이 있어 너를 향한 눈빛이 붉다
> 밖은 방안보다 작아서 점차 나는 깊어진다
>
> ―「불발기」 전문

불발기란 한지를 두껍게 바른 맹장지의 가운데 직사각. 팔각으로 울거미를 만들고 살이 있는 부분은 한쪽만 창호지를 발라 빛이 들어오게 한 문이라는 각주가 이 시의 이해를 돕는다. 전문적 이해의 전제가 시의 감상에 도움이 되지만 지금도 시골집이나 오래된 집에서 볼 수 있는 흔한 모습이다. 역할만 알 뿐이지 '불발기'라는 이름을 가진 줄 잘 모를 뿐이다. 이 시의 아름다운 부분은 '어두운 곳에서 밝은 곳을 볼 때 심장은 뛰고/밝은 곳에서 어두운 곳으로 향하는 일은 기다림'이라고 설정한 부분이다. 불발기의 역할에 시인의 시적 상상력이 가미된 묘사의 힘을 느낄 수 있다. 사실적 상황이 묘사를 통해 재인식되고 있음을 알 수 있다. 그러기에 '밝은 방안보다 작아서 점차 나는 깊어'지고 있음을 고백하게 된다.

그런가 하면 「불씨, 혹은 고리」에서 '새로 탄생하는 것들은 그늘을 가진다/어머니 옛집 헛간을 허물던 날/새로 놓인 구들이 군불을 지핀다'를 만나 세상은 명암의 연속임을 파악한 시인의 또 다른 모습을 발견하게 된다.

새로 탄생하는 것들은 그늘을 가진다
어머니 옛집 헛간을 허물던 날
새로 놓인 구들이 군불을 지핀다

반쯤 타다만 젖은 장작이
잿더미에 한쪽 발을 묻고 있는 것을 보았다
구들을 데우던 나무에 박혀 있는 대못
나무는 제 발목에 박힌 못조차 빼지 못한 채

시커멓게 불이 꺼져 있었다
하나의 상처가 가시처럼 박혀있었다

어느 불꽃의 너울도 태우지 못한 상처
나무는 발목에 박힌 상처를 다스리지 못한 채
불 꺼진 아궁이에 몽개몽개 그림자가 피어있었다
탁탁 타올랐던 못 박힌 기둥의 마지막 불꽃

바람이 아궁이의 잿더미를 헤집는 아침
햇살이 부뚜막에 밥상을 차리고 있다
문지방을 지키는 빗자루가 바람을 쓸고
툇마루에 소나무 그림자가 내려온
아궁이에 불을 지피고 숭늉을 끓인다

펄펄 끓던 아랫목
거기, 누가 등을 데고 지지다 간다

―「불씨, 혹은 고리」전문

앞의 시「구들 유적지」가 더 이상 기능을 발휘하지 못해 과거가 새로운 시간의 현재, 즉 새로운 시멘트 아래 플라스틱 배관으로 교체되었다면「불씨, 혹은 고리」는 과거의 시간이 여전히 현재형으로 남아 미래로 이어지고 있음을 보여주고 있다. '새로 탄생하는 것들은 그늘을 가진다/어머니 옛집 헛간을 허물던 날/ 새로 놓인 구들이 군불을 지핀다'의 새로 탄생하는 것들이 그늘을 가진다는 의미는 새로운 시간의 역사가 만들어진다는 뜻으로 해석하게 된다. 또는 옛집의 시간이 시간 저쪽으로 묻힌다는 의미일 것이다. 그러나 여기서 그늘의 의미를 한 가지로 해석할 필요는 없겠지만 생성의 의미인 것만은 확실하다. '새로 놓은 구들'에 군불이 들어가면서 나무에 박힌 '못'의 존재를 부각시키고 못으로 인한 상처가 비록 가시처럼 구들을 적시고 있지만, 이것 역시 시간의 저쪽에 그늘로 성장하면서 미래로 이어질 것임이 틀림없기 때문이다. 상처 없는 그늘이 어디 있으며 그늘 없는 역사가 어디 있으랴. '펄펄 끓던 아랫목/거기, 누가 등을 데고 지지다 간다'는 시인의 안목은 현재에서 미래로 이어지고 있음을 증명하고 있다.

3

한옥은 공동체적 공간으로 기능하는 매우 훌륭한 가옥이다. 집 가운데, 혹은 앞 뒤, 양 옆에 뜰이나, 마당을 두어 담에 집이 딱 붙어 있지 않아 소통의 장이 늘 함께 하고 있는 특징을 지니고 있다. 시인이 왜 굳이 한옥에 대한 관심을 건축가로서 만족하지 못하고 굳이 시로 표현하고자 하는가에 대한 답의 한 부분이 된다. 한옥에서 만나는 소통의 공간, 사람과 사람과의 소통이 이만하다면 분명 지금처럼 팍팍한 삶은 아닐 것이다. 이미 오래 전에 구축된 우리만의 가옥이 지난한 크고 작은 역사적 사건을 거치면서 지금에 이르렀지만 분명 어느 부분은 회복되어야 할 것이다. 집을 짓는 장인의 손금은 생성의 법칙으로 짜여 있고 과거에 그랬듯이 회복을 위한 에너지로 가득할 것이다.

목수의 손금에는 생식기를 만드는 법칙이 새겨져 있다
날마다 나무의 생식기를 만들고 짝짓기를 해 주는 기술
암놈과 수놈이 있는 생명의 손
맞춤의 기술은 얼마큼 생식기를 예쁘게 만드느냐 이고
얼마큼 생식기를 탁 들어맞게 짝을 맞추느냐이다
맞춤은 뜨거운 심장이다
숭어턱 메뚜기턱 반턱 연귀턱으로
날만 새면 생식기의 밑구멍을 쳐다보고
그들을 끼워 맞추는데 해가 저문다
짝짓기로 천년을 살게 하는 솜씨가 목수의 손이다
어미와 아비의 생식기를 맞추고 아들과 며느리를 맞추어
손자를 생산한다
맞춤은 종종 터지고 찢어지기도 하지만
연장을 쥔 손은 한 치의 오차도 없다
목수가 나무더미에 서면 가문의 순번이 일렬로 매겨진다
타고난 생식기제조사들이 만든 집
생명의 집이다

　　―「짜임의 법칙」 전문

　제대로 집을 짓는다는 것은 목수의 기능적 솜씨가 압권이겠지만
단순 기능이라면 그곳에 무슨 생명이 깃들 것인가. '목수의 손금'에
생식기를 만들고 짝짓기의 기술이 있어 생명의 손으로 단정하고 있
는 시인의 시적 상상력은 '생식기'라는 낱말에 천착한다. 단지 암수
의 맞춤의 기술이 아니라 얼마큼 딱 들어맞게 짝을 맞추는가에 있음

을 주목하게 한다. 왜냐하면 제대로 된 맞춤이야말로 생명에 있어 가장 중요한 부분인'뜨거운 심장'을 만들어내느냐 마느냐를 결정하기 때문이다. 그래야 천년을 살 수 있을 것인지 결정되기 때문이다. 목수의 손금에 새겨진 삶과 생명의 존속은 이렇듯 단순 기능적 역할에 있지 않음을 시인은 설파한다. 무수한 손길이 오가는 것이야말로 무수한 생명의 길이 만들어지고 있으며 심장이 생성되고 있음을 말하고 싶은 것이다. 가끔은 '종종 터지고 찢어지기도 하지만'그래도 '타고난 생식기제조사'라는 명함을 달고 싶다. 연장을 쥐는 한 '생명의 집'은 늘 현재진행형이기 때문이다.

한 울안에서 강 건너 등불을 본다
시차를 두고 빛과 어둠을 몰고 오는
두 갈래 발자국이 있다
발 씻는 시간이 다르고
불이 꺼지는 시간이 다르다
두메산골 익어가는 풋사과처럼
빛깔의 조도가 다르다
도는 방향은 같아도 시침의 작동이 다른 방
삐져서 돌아앉은 막내 여동생 같은
알림의 소리가 다른 방
한 울안에도 말씨가 다른 동네가 있다
늦은 밤 건넛방에서 들려오는 속삭임
안개 같은 목소리가 발효되는 밤
아버지의 해묵은 음색으로 달빛쟁반에 한상 차려

안마당 지나 걸어오신다
안방의 허기를 달랜다

—「건넛방」전문

　시인의 상상력은 마당을 가로질러 뒤뜰과 문간방을 거쳐 방구들
너머 건넛방에 다다른다. 그리고 '한 울안에서 강 건너 등불'을 발견
한다. 이쪽 방과 저쪽 방을 건너를 '강'으로 설정했다. 쉽게 건널 수
없는 공간이다. 그 한 공간을 우두커니 바라보고 있다. '강'을 사이에
두고 '빛'과 '어둠'을 몰고 오는 그 방의 주인을 눈 여겨 본다. 보통 방
은 각각의 역할에 의해 이름이 결정되고 공간이 만들어진다. 하지만
각각의 방에 의미를 부여하고 역할이 주어지면서 방의 이름이 만들
어지기도 할 것이다. 시인은 안방을 마주한 건넛방을 그래서인지 매
우 그윽하게 바라보고 있다. 안방에서 바라본 건너의 의미에만 있지
않음을 시적 상황을 통해 보여주고 있다. 그 방에 처한 이들의 삶에
초점을 맞춘 것이다. '발' 씻는 시간과 '불' 꺼지는 시간이 다르다는 은
유적 방법을 통해 그 공간에 거한 이들의 향기가 다름을 보여주고 싶
다. '늦은 밤 건넛방에서 들려오는 속삭임/안개 같은 목소리가 발효
되는 밤'으로 단지 안방 건너에 있는 기능적 공간에서 의미를 확대
재생산하고 있음을 알 수 있다.
　시「대패질」에서 한옥의 재료로 쓰이고 있는 소나무 판자에 대한
시인의 힘겨운 노동이 느껴진다. 힘껏 밀고 당기는 반복의 과정에서
소나무의 숨소리를 듣고 결을 만난다. '소나무 판자를 다듬는다/대패
머리 꽉 잡고 꼬리를 힘껏 당기면/ 나무는 윙윙 눈밭에 누운 노루 울

147

음소리를'내는 것을 엿듣게 된다. 뿐만 아니다. '덜커덕, 이빨 하나 부러지는 소리/굳은살 박인 손을 덜컹 잡'기도 한다. 사람의 경우도 이와 무엇이 다르랴. '가변차로에 우뚝 멈추어 선 대팻날, 삶에는/어느 것 하나 가벼운 것이 없나보다'라고 토로하는 시인의 경험적 자아는 대패를 꽉 쥐고 지난한 삶을 깎고 또 깎아내는 숱한 행위를 반복하는 자신과 맞닥뜨리고 있음을 알 수 있다.

> 나무둥치를 눕혀놓고 놈의 성질을 지켜본다
> 얼마나 꼬인 삶을 살아와서 일까
> 꼬인 곁눈질로 성질을 부리고 있다
> 태어나 단 한 번도 똑바로 서 본 일이 없는 소나무
> 이제는 비비꼬는 몸짓이 더 편한 그 만의 포즈다
> 전동 톱이 돌아가는 제재소
> 톱날을 피해 이리저리 꿈틀거리는 분노
> 목수가 자귀로 모가지를 잡고 뒤집는다
> 땅을 짚지도 제자리에 앉지도 못하는 장애
> 나무가 등판을 뒤집으며 돌아눕는다
> 목수가 느티나무 망치로 두들긴다
> 한 성질하는 놈, 그래 성질대로 살게 해주마
> 네가 길들여진 대로
> 이 거친 손, 퇴마사의 손으로
> 네가 가진 무게를 살살 달래주마
> 고통은 뒤집는 것이 아니라 달래야 하는 법
> 길들여진 대로 살아야 한다
> 소용돌이치며 살아야 한다

돌돌 말려서 꼬치가 되는 일, 익숙한 언덕길을 걸어야 한다

―「나무에도 성질이 있다」 전문

그런가 하면 「나무에도 성질이 있다」에서처럼 대패질로만 안 되는 나무도 있다. 목수의 손을 요리조리 빠져나가는 나무를 보면 사람에게서처럼 성질이 느껴진다. 나무와 친숙하게 지내지만 때론 너무 낯설고 때론 너무 거칠어서 시인의 심사를 긁게 된다. 나무를 제대로 깎고 다듬는 과정에서 만나는 나무의 일생, '얼마나 꼬인 삶을 살아와서 일까'라고 궁금증을 감출 수 없다. 전동 톱날이 지나가고 나무의 '분노'를 만나 삶의 비유적 상황을 드러낸다. 망치를 들고 나무를 마구 두드려주지만 결국 나무를 성질대로 할 수 없는 법이다. '고통은 뒤집는 것이 아니라 달래야 하는 법'임을 깨닫게 된다는 것을 표현하고 싶다. 인간의 삶만이 그런 것이 아니라고 말하고 싶은 것이다. '길들여진 대로 살아야'하고 때로는 '소용돌이치며 살아야'한다. 완성을 향한 몸부림은 쉽게 오지 않는다. '돌돌 말려서 꼬치가 되는 일'을 원한다면 순응하는 삶이어야 할 것임을 시인은 목수 일을 통해 상징적으로 보여주고 있다.

4

한옥이 주는 자연적 아름다움 중 하나가 소유가 아닌 차경借景에 있다. 인위적인 담을 둘러서 그 안에서 온갖 풍경을 만들어내는 중국

이나 일본식 전통 방식이 아니라 적당하게 울타리 높이를 조절하거나 한 쪽은 비워놓고 근처 풍경을 들여놓거나 아예 자연과 어우러진 방식의 집을 앉히는 경우가 대부분이다. 그 한쪽에 꼭 놓이는 것 중 하나가 '바닥'이다. 그것은 걸터앉을 수도 있고 신발을 벗어놓는 도구로서의 기능도 하며 빗물이 스며들게도 한다. 그 바닥의 의미는 발을 딛는 바닥일 뿐 아니라 쓰임새에 따라 얼마든지 다양하게 변주되는 기능을 갖고 있다. '빗물이 스며드는 바닥은/눈물을 삼킬 수 있어 스스로 야물어'지는 것을 시인은 지켜본다. 빗물과 눈물이 스며드는 바닥이라는 은유적 표현을 통해 한옥에서 차지하는 바닥의 의미를 확장시키고 있음을 볼 수 있다.

가는 곳 마다 바닥이 있어
바닥에 숫자가 매겨진다
바닥은 걸어도 바닥이다
바닥이기에 걸터앉을 수 있기에 돌층계에도
바닥이 생긴다
바닥에 바닥을 놓는다
바닥이 들썩인다
빗물이 스며드는 바닥은
눈물을 삼킬 수 있어 스스로 야물어진다
지붕에 대각선으로 걸쳐놓은 층계
등급은 공중에도 수면에도 있어
물오리가 수평선을 그으며 날아간다
등급은 하늘이 밟고 있는 신발

닳은 굽창으로 땅을 고른다
굽창에 붙은 바닥을 밟는다

마루 밑 댓돌
백기를 든 흰 고무신 한 짝 놓여 있다
바닥이 희다

—「댓돌」전문

이제 시인의 시선은 집의 뒤쪽으로 향한다. 한옥은 어느 한 쪽이
소홀하거나 푸대접을 받고 있지 않다. 단지 그 역할과 쓰임에 따라
앞에 놓이기도 하고 뒤에 놓이기도 할 뿐인 것이다. '뒤란'은 그 중 하
나이다. 건물 안채의 뒤는 사람들이 꼭 필요할 때만 출입하는 공간이
다. 자주 쓰이는 공간이 아닌 것이다. 그러나 어느 한옥을 보더라도
뒤란은 꼭 있다. 왜 일까. 시인의 시선도 여기에서 잠깐 머뭇거린다.
'아무도 살지 않는 뒤란'으로 시작한다. 인적이 드문 곳에서 자주 만
나게 되는 '환삼덩굴'즉 잡초가 가득하다. 마음이 신산하다.

아무도 살지 않는 뒤란이다
환삼덩굴이 매화나무 몸통을 친친 감아 올라
정수리에 똬리를 틀고 느긋이 햇살을 잡아먹고 있다
하늘을 잃은 매화나무는 지금 저체온증이다

쇠뜨기풀은 불끈 자라 나무의 아랫도리를 허물고
이젠 미끈하던 다리마져 곪아터져 버짐이 가득한 나무

해마다 덩굴이 잘라먹는 어깨며 몸통은 반쪽이고
그물망처럼 정수리를 가득 덮은 덩굴 때문에
그가 바라보는 하늘은 햇살 한 줌 먹을 수 없는 감옥이다
(중략)
벼랑 끝의 그녀는 구름을 잡으려 안간힘이다
안간힘을 쓸수록 우지끈, 어깨가 결리고 손마디가 저리다
겨우 덩굴 사이로 비집고 드는 햇살 한 자락 잡아본다
저 손바닥만 한 하늘 눈 아픈 자유를 찾아
밀고 당기는 뒤뜰의 시간, 다만 칼바람이 불뿐이다

　　　―「적막寂寞」부분

　뒤란의 고즈넉한 공간, 사람의 눈길을 제대로 받지 못하는 매화나무의 몸통을 친친 감아서 목을 죄고 있는 음습한 풍경이다. 그것도 부족해서 '정수리에 똬리를 틀고 느긋이 햇살을 잡아먹고 있는 소름끼치는 모습을 보여주고 있다. 시인의 의식 한 가운데 뒤란의 시간이 존재하고 있는 것인가. 숨기고 싶거나 드러내고 싶지 않은 부분이 있는 것인가. '그물망처럼 정수리를 가득 덮은 덩굴 때문에/그가 바라보는 하늘은 햇살 한 줌 먹을 수 없는 감옥'임을 시적 자아는 토로하고 있다. 그래서 그가 바라보는 현장은 긍정적 공간이기 보다 부정의 공간의 혐의가 짙다. 하지만 자세히 들여다보면 매화나무를 통해 삶을 진정시키고 더딘 걸음으로 자신을 돌아보며 정화시키고자 하는 시적 자아의 흔적을 발견한다. 적막 없는 삶이란 창 없는 방과 무엇이 다르랴. 한옥이 가진 여러 공간 중 가장 사람의 손이 덜 간, 인위적 흔적이

잘 드러나지 않은 곳인 뒤란을 집을 지을 때 꼭 만들어놓는 이유가 여기에 있을 것 같다. 정화와 발효의 시간이 있는 곳 말이다.

> 업이 무거울수록 발바닥이 커야한다
> 하늘은 발바닥 크기를 보고 저울에 추를 올린다
> 두툼한 발바닥에 둥글넓적한 발등
> 업의 덩어리를 받친다
> 살아서 지은 업을 닦는 방법에는 바짝 엎드리는 것이 최선이다
> 그저 땅바닥만 보고 죽은 척 꿈적 않는 것이다
> 어느 날 업의 덩어리가 비바람에 쓸려 통째로 강이 된다 해도
> 그 자리에 숨죽이고 버티는 것이다
> 후대, 업장참회록이 돌에 새겨질 때까지 버티는 것이다

　　　―「주춧돌」 전문

　시인의 관심은 주춧돌에까지 미치고 있다. 그 주춧돌은 '업'이 크면 클수록 발바닥의 넓이가 크다. 그 집에 살고 있는 사람뿐만 아니라 세상의 업까지 받쳐들 태세다. 늘어나는 식구들, 그 집을 찾는 이 누구든 거뜬히 받아낼 자세가 되어 있는 주춧돌에 시인의 시선이 섬세하게 머물고 있다는 점이 매우 특별하다. 이 집에 대대로 살고 있는 사람들의 바닥에 되어 '숨죽이고 버티는 것'을 시인은 발견하고 있다. 어느 누구라서 이러한 업을 받아낼 수 있는 것인가. 집을 짓는 건축가의 입장에서도 매우 중요한 바닥이 될 주춧돌은 사람의 일생을 온전히 다 지탱해주는 바닥임은 틀림없다. 그렇지 않다면 시인의 시

선이 이렇듯 확고부동하게 고정되지 않았을 것이다.

삼척 대이리 이 씨는 하늘로 문을 연다
문밖은 아직 눈이 열 치
두툼한 솜이불을 덮은 지붕
천지가 하얀 세상에 노인만 까만 손으로
여물을 끓이는 봉당
안방 코쿨에 관솔이 타고
굴피나무 지붕위로 매화꽃이 핀다
안과 밖이 모호한 자리
설렘은 망설임의 중심에 이는 소용돌이 같은 것
아랫마을로 가는 길은 더욱 하얗고
영창으로 스며드는 햇살은 쇠죽처럼 끓어 오른다
소 입김이 무럭무럭 자라 봉당에 피어나는 군불
굴피나무 너시래지붕에는
도토리묵밥에 흰 쌀밥이 뜸들어간다

—「굴피집」전문

코쿨은 산골지방에 등유가 귀할 때 방안을 밝혀주고 추위를 덜어
주던 일종의 벽난로 역할을 하고 있다. 물론 이제는 갈수록 이러한
모습을 보기 어렵다. 간혹 텔레비전에서 볼 일을 있겠지만 직접 눈
을 확인하기가 쉽지 않아 머지않은 날 영상이나 그림으로만 남지 않
을까 싶다. 그러나 코쿨이 있는 굴피집도 산간지방에 있는 우리 전통
가옥 중 하나이며 오랜 역사를 가지고 있다. 시인의 시선은 한옥에만

있는 것이 아니라 우리의 삶과 정서에 맞게 지어진 초가집, 토담집, 굴피집, 너와집, 귀틀집에도 머물러 있다.

시간이 머물고 있는 돌담길과 집과 집 사이에 나 있는 길과 집과 집의 어우러짐에 눈을 두고 있는 시인의 의식은 건물에만 국한되어 있지 않음을 보여준다. 집의 공간과 집을 에워싼 자연적 공간, 집과 집의 공간과 그 공간이 새롭게 만들어내는 낯선 공간까지 활짝 눈과 귀를 열어두고 있다. 오감을 통해 만나는 한옥의 기능성과 역할, 그리고 그 아름다움에 온 생을 걸고 있는 시인의 궤적을 이 한 권의 시집에서 충분히 엿볼 수 있다.

우종태 시인은 『한옥, 시로 짓다』를 통해 한옥이 여전히 현재진행형의 주거공간이라는 것을 개성적인 안목으로 재확인시키고 있다. 그가 펼치는 시적 상상력은 외적 내적 공간 인식뿐만 아니라, 건축의 전문용어 풀이, 기능, 역할, 과거 현재, 미래로 확장시키며 한국인의 궁극적 삶의 지향성까지 새롭게 제시하고 있다. 가족공동체는 물론 이웃과의 상호소통과 친화적인 삶의 회복 물론 회복의 근간이 주거 문화와 깊은 관계가 있음을 보여주고 있는 것이다. 시의 역할이 치유의 역할, 회복의 역할, 공감의 역할인 것처럼 한옥 역시 그러함을 보여주고 싶은 것이다. 건축에 대한 관심이 날로 증폭되고 있는 이 시대, 한옥에 대한 시인의 상상력이 어디까지 이어질 것인지 자못 궁금하다.

시와소금 시인선 · 030

한옥, 詩로 짓다

ⓒ우종태, 2015. printed in seoul, korea

초판 1쇄 발행 2015년 07월 20일

지 은 이 우종태 | 펴 낸 이 임세한
기   획 박해림 | 디 자 인 정지은 유재미

펴 낸 곳 시와소금
출판등록 2014년 1월 28일 제424호
출   판 강원도 춘천시 충혼길 20번길 4호
편   집 서울시 송파구 백제고분로45길 15, 302호
전자우편 sisogum@hanmail.net
연 락 처 02-766-1195, 010-5211-1195

ISBN 979-11-86550-00-7 03810

값 12,000원